Maigret

LIVROS DO AUTOR PUBLICADOS PELA **L&PM** EDITORES:

Todos os contos de Maigret – vol. 1
Todos os contos de Maigret – vol. 2

Coleção **L&PM** POCKET:

Romances com o inspetor Maigret:

A barcaça da morte
A fúria de Maigret
A louca de Maigret (inédito)
A noite da encruzilhada
A primeira investigação de Maigret
A taberna dos dois tostões (inédito)
A velha senhora
As férias de Maigret
As testemunhas rebeldes
Liberty Bar (inédito)
Maigret (inédito)
Maigret e a morte do jogador (inédito)
Maigret e o corpo sem cabeça (inédito)
Maigret e o fantasma (inédito)
Maigret e o finado sr. Gallet (inédito)
Maigret e o homem do banco
Maigret e o ladrão preguiçoso (inédito)
Maigret e o matador (inédito)
Maigret e o mendigo (inédito)
Maigret e o negociante de vinhos (inédito)
Maigret e o sumiço do sr. Charles (inédito)
Maigret e os colegas americanos (inédito)
Maigret e os crimes do cais (inédito)
Maigret e os flamengos (inédito)
Maigret e os homens de bem
Maigret e seu morto
Maigret em Nova York
Maigret em Vichy (inédito)
Maigret na escola (inédito)
Maigret sai em viagem (inédito)
Maigret se defende (inédito)
Maigret se diverte (inédito)
Memórias de Maigret (inédito)
Morte na alta sociedade
O amigo de infância de Maigret (inédito)
O assassino sem rosto
O cão amarelo
O caso Saint-Fiacre
O enforcado
O medo de Maigret
O mistério das joias roubadas
O porto das brumas
O revólver de Maigret (inédito)
Os escrúpulos de Maigret (inédito)
Um crime na Holanda (inédito)
Um engano de Maigret
Uma sombra na janela

Outros romances:

A casa do canal (inédito)
A fuga do sr. Monde (inédito)
Ainda restam aveleiras
O burgomestre de Furnes
Sinal vermelho (inédito)

Georges Simenon

Maigret

Tradução de Paulo Neves

www.lpm.com.br

L&PM POCKET

Coleção **L&PM** POCKET, vol. 994

Texto de acordo com a nova ortografia.
Título original: *Maigret*

Primeira edição na Coleção **L&PM** POCKET: outubro de 2011

Tradução: Paulo Neves
Capa: Ivan Pinheiro Machado. *Foto*: Guy Félix
Preparação: Lia Cremonese e Elisângela Rosa dos Santos
Revisão: Lívia Schleder de Borba

CIP-Brasil. Catalogação na Fonte
Sindicato Nacional dos Editores de Livros, RJ.

S599m

Simenon, Georges, 1903-1989
Maigret / Georges Simenon; tradução de Paulo Neves. – Porto Alegre, RS: L&PM, 2011.
160p. : 18 cm (Coleção L&PM POCKET; v. 994)

Tradução de: Maigret
ISBN 978-85-254-2512-6

1. Romance francês. I. Neves, Paulo. II. Título. III. Série.

11-6539. CDD: 843
CDU: 821.133.1-3

Rua Comendador Coruja 314, loja 9 – Floresta – 90.220-180
Porto Alegre – RS – Brasil / Fone: 51.3225.5777 – Fax: 51.3221.5380

Pedidos & Depto. Comercial: vendas@lpm.com.br
Fale conosco: info@lpm.com.br
www.lpm.com.br

Impresso no Brasil
Primavera de 2011

SOBRE O AUTOR

Georges Joseph Christian Simenon nasceu na cidade belga de Liège, em 12 de fevereiro de 1903, filho de Desiré Simenon, contador de uma companhia de seguros, e Henriette. A família era católica, e o comparecimento a rituais da Igreja foi uma constante na infância do autor. Christian, filho mais novo do casal, era o preferido de Henriette, enquanto Georges venerava o pai, um homem paciente que não desperdiçava palavras. Era adolescente quando Liège foi ocupada pelos alemães durante a Primeira Guerra Mundial.

Ainda na juventude do autor, seu pai adoeceu gravemente do coração. Georges abandonou a escola e começou a trabalhar. Passou por vários empregos, até que, em janeiro de 1919, foi admitido como office boy no *Gazette de Liège*, sendo posteriormente promovido a repórter. Escreveu sob vários pseudônimos, até chegar ao nome de Georges Sim, que usaria por doze anos. Na atividade jornalística, adquiriu habilidades que muito lhe valeriam na carreira de romancista: escrever rápido e respeitar prazos. Paralelamente ao trabalho, nesse período Simenon aplicou-se no estudo de medicina forense. Também nessa época começou suas primeiras experimentações literárias e conheceu Régine Renchon, a quem apelidou de Tigy, sua futura mulher.

Seu pai morreu em 1921, e, após cumprir o serviço militar, Georges mudou-se para Paris, em 1922, onde se sustentou graças ao salário de secretário particular. Nos anos seguintes, ele se estabeleceria como autor de literatura *pulp*, além de frequentar artistas da cena francesa, como o cineasta Jean Renoir, de quem se tornou amigo, e a cantora americana Josephine Baker, de quem foi amante. Já nessa época estava em gestação aquele que se tornaria um dos mais famosos personagens da literatura ocidental, o inspetor Jules Maigret.

Entre 1929 e 1930, Simenon escreveu sob pseudônimo vários textos que prenunciavam o surgimento da série em que o comissário da Polícia Judiciária francesa desvenda uma série de crimes. Os anos de 1930 e 1931 foram dedicados à redação dos romances que comporiam a série Maigret e que seriam publicados já com o nome do autor pela editora francesa Fayard a partir de 1931. *Pietr-le-Letton* (*O assassino sem rosto*) foi o primeiro desses romances a ser escrito, mas *Monsieur Gallet, décédé* foi o primeiro a ser publicado, obtendo sucesso imediato, como os demais livros que se seguiriam. Todo o universo e a ética de Maigret já estavam estabelecidos nos primeiros livros da série. As histórias protagonizadas pelo inspetor Maigret – parisiense, fumante de cachimbo, usando sempre um sobretudo de gola de veludo e chapéu – compõem uma categoria *sui generis* da literatura policial: o êxito junto ao público deve-se menos ao enredo e à descoberta do mistério do que ao misto de ceticismo e esperança com o qual o taciturno Maigret vê a sociedade – visão psicológica que é a principal arma desse humanista no combate contra o crime. Com o passar dos anos, a composição dos personagens secundários se tornaria mais complexa e o tom dos romances, mais filosófico.

Em 1933, já havia escrito seis romances em um estilo diferente do que praticara até então, que ele chamou de *roman dur*: romances que não necessariamente giram em torno de um crime e que se apoiam, sobretudo, na riqueza psicológica dos personagens. A essa altura a família já estava vivendo na propriedade em La Rochelle, na costa oeste da França.

Em 1945, Simenon – já com problemas de coração –, Tigy e o filho do casal, Marc, deixaram a Europa em direção à América. Lá, ele conheceu Denyse Ouimet, que se tornaria sua segunda mulher. Em 1953, nasceu Marie-Jo, a única filha do autor, que acabaria se suicidando em 1978. Em 1955, a família retornou à Europa, estabelecendo-se na Suíça.

A década que se seguiu foi turbulenta: Denyse sofreu de problemas psiquiátricos que a levaram à internação, em 1962, e, em 1964, abandonou a recém-construída residência familiar, na cidade suíça de Épalinges. Em 1970, morreu a mãe de Simenon, com quem ele sempre tivera relações problemáticas, e nesse mesmo ano ele escreveu seu último *roman dur*, *Les Innocents*, além de *Maigret e o sumiço do sr. Charles*, o último romance protagonizado por Jules Maigret. A partir de 1973, Simenon ditou e escreveu apenas livros de memórias que, como seus textos autobiográficos, são vistos com reservas por muitos estudiosos de sua obra, no que diz respeito à veracidade dos fatos. Nos últimos anos, o escritor viveu recluso, fazendo aparições públicas apenas ocasionalmente, das quais a mais famosa foi a entrevista dada ao cineasta e amigo Federico Fellini, na qual afirmou ter mantido relações com dez mil mulheres. Morreu aos 86 anos, no dia 4 de setembro de 1989, em Lausanne.

Simenon, o mais emblemático caso de proficuidade literária do século XX, é autor de mais de duzentos romances (75 dos quais protagonizados pelo inspetor Maigret), 155 contos (trinta com Maigret) e 25 textos autobiográficos. Esses números são apenas aproximados, já que vários escritos foram publicados apenas em periódicos, sob até 29 pseudônimos. Dezenas de livros seus foram adaptados para a tevê, cinema e quadrinhos, e a sua venda mundial é estimada em 1,5 bilhão de exemplares, em mais de cinquenta línguas. Atestando a sua permanência literária e a excelência de sua ficção, foi recentemente eleito o segundo melhor autor de livros de mistério pelo jornal *The Times*, somente atrás de Patricia Highsmith.

SUMÁRIO

CAPÍTULO I

ANTES DE ABRIR OS OLHOS, Maigret franziu as sobrancelhas, como se tivesse desconfiado da voz que vinha lhe gritar do fundo do seu sono:

– Tio!

Com as pálpebras ainda fechadas, ele suspirou, tateou o lençol e se deu conta de que não sonhava, que algo estava acontecendo, pois sua mão não encontrou, onde deveria estar, o corpo quente da sra. Maigret.

Abriu enfim os olhos. A noite era clara. A sra. Maigret, de pé junto à janela de vidros quadriculados, abriu a cortina, enquanto alguém embaixo batia à porta e o ruído repercutia por toda a casa.

– Tio! Sou eu!

A sra. Maigret continuava a olhar para fora, e seus cabelos, enrolados em volta dos prendedores, formavam uma estranha auréola.

– É o Philippe – ela disse, sabendo que Maigret havia despertado e que, virado para ela, esperava. – Você vai se levantar?

Maigret foi o primeiro a descer, com os pés nus nas pantufas de feltro. Enfiara às pressas uma calça e, enquanto descia a escada, vestira o casaco. No oitavo degrau, deveria baixar a cabeça por causa da viga. Estava acostumado a fazer isso sem pensar. Dessa vez, esqueceu e bateu a testa na madeira, gemeu, praguejou; ao sair da escada glacial, encontrou na cozinha ainda um resto de calor.

Havia barras de ferro na porta. Do outro lado, Philippe dizia a alguém:

– Não vou demorar muito. Estaremos em Paris antes de amanhecer.

A sra. Maigret se vestia, pois ouviam-se passos no andar de cima. Maigret tirou a tranca, irritado com a batida na cabeça que acabara de dar.

– É você! – resmungou, vendo o sobrinho de pé junto à porta.

Uma lua enorme flutuava acima dos álamos sem folhas e tornava o céu tão claro que até os menores ramos podiam ser vistos, e o rio Loire, mais adiante, era um fervilhar de lantejoulas prateadas.

– Vento leste! – pensou Maigret maquinalmente, como teria pensado qualquer habitante da região ao ver agitar-se a superfície do rio.

São hábitos que se adquirem no campo, como também o de ficar sem dizer nada, à porta, olhando o visitante e esperando que ele fale.

– Pelo menos não acordei minha tia?

Philippe tinha o rosto paralisado de frio. Atrás dele, no campo coberto de geada, destacava-se a silhueta extravagante de um táxi.

– Vai deixar o motorista na rua?

– Preciso falar com o senhor com urgência.

– Entrem logo os dois – disse na cozinha a sra. Maigret, que acendia uma lamparina.

E ela acrescentou para o sobrinho:

– E estamos sem luz. A instalação já foi feita na casa, mas ainda não chegou a corrente elétrica.

De fato, uma lâmpada pendia na ponta de um fio. Há detalhes desse tipo que observamos sem razão. E, quando alguém já está nervoso, é o suficiente para irritá-lo. Nos minutos que se seguiram, Philippe haveria de fixar várias vezes essa lâmpada e seu fio que não serviam para nada, exceto para ressaltar o que essa casa de campo tinha de antiquado, ou então o que o conforto moderno tem de frágil.

– Está vindo de Paris?

Ainda sonolento, Maigret se apoiava à lareira. A presença do táxi na estrada tornava a pergunta tão inútil quanto a lâmpada. Mas há momentos em que falamos por falar.

– Vou lhe contar tudo, tio. Estou numa situação terrível. Se não me ajudar, se não for comigo a Paris, não sei o que será de mim. Veja, estou tão atrapalhado que nem dei um beijo em minha tia!

Aproximou-se da face da sra. Maigret, que havia vestido um penhoar sobre a camisola. Cumpriu esse rito como uma criança. Logo em seguida, sentou-se junto à mesa e pôs a cabeça entre as mãos.

Maigret enchia o cachimbo enquanto olhava para ele, e sua mulher amontoava pequenos ramos secos na lareira. Havia no ar algo de anormal, de ameaçador. Desde que se aposentara, Maigret perdera o hábito de levantar-se no meio da noite, e aquilo lhe lembrava, contra a vontade, noites passadas junto a um enfermo ou a um morto.

– Não me pergunte como pude ser tão estúpido! – soluçou de repente Philippe.

Sua emoção irrompia de uma só vez. Ele chorava sem lágrimas. Olhava ao redor como alguém que busca transferir seu nervosismo para alguma coisa; em contraste com essa agitação vazia, Maigret aumentava a mecha da lamparina, enquanto as primeiras chamas elevavam-se da lareira.

– Antes de mais nada, beba alguma coisa.

O tio pegou uma garrafa de aguardente e dois copos num armário que continha restos de comida e cheirava a carne fria. A sra. Maigret calçou os tamancos para ir buscar lenha no depósito.

– Saúde! Tente acalmar-se um pouco.

O cheiro dos galhos queimados misturou-se ao da aguardente. Philippe, abestalhado, olhou para a tia, que surgiu da obscuridade com os braços carregados de lenha.

Ele era míope e, vistos de um certo ângulo, seus olhos pareciam imensos atrás das lentes dos óculos, o que lhe dava um aspecto de pavor infantil.

– Aconteceu agora à noite. Eu devia fazer uma vigilância na Rue Fontaine...

– Um instante – interrompeu Maigret, escarranchando-se numa cadeira de palha e acendendo o cachimbo. – Com quem você trabalha?

– Com o comissário Amadieu.

– Continue.

Maigret, que fumava mansamente o cachimbo, estreitou um pouco os olhos e evocou, para além da parede caiada e da prateleira com panelas de cobre, imagens que lhe eram familiares. No Quai des Orfèvres, a sala de Amadieu era a última à direita, no fundo do corredor. O próprio Amadieu era um homem magro e triste que fora nomeado comissário divisionário quando Maigret se aposentou.

– Ele continua usando bigodes compridos?

– Continua. Ontem recebemos um mandado de captura contra Pepito Palestrino, o dono do Floria, na Rue Fontaine.

– Que número?

– O 53, ao lado de uma ótica.

– No meu tempo era o Toréador. Uma história de cocaína?

– Sim, cocaína. Mas também outra coisa. O chefe ouviu dizer que Pepito estava envolvido no caso Barnabé, o sujeito que foi morto há quinze dias na Place Blanche. Deve ter lido nos jornais.

– Prepare um café! – disse Maigret à sua mulher.

E, com um suspiro de alívio de um cão que se deita após girar em círculos, apoiou os cotovelos no encosto da cadeira, pousando o queixo sobre as mãos cruzadas. De tempos em tempos, Philippe retirava os óculos para enxugar as lentes e, por alguns instantes, parecia cego. Era um rapaz alto, ruivo, corpulento, com a pele muito rosada.

– O senhor sabe que não fazemos mais o que queremos. No seu tempo, ninguém teria hesitado em prender Pepito em plena noite. Agora é preciso observar a lei ao pé da letra. Por isso, o chefe decidiu fazer a detenção às oito da manhã. Enquanto isso, fui encarregado de vigiá-lo...

Ele afundava na calma espessa da peça, mas de repente, com um sobressalto, voltou à sua tragédia e olhou ao redor com estupor.

Para Maigret, das poucas frases pronunciadas exalavam-se como que cheiros de Paris. Ele imaginou o letreiro luminoso do Floria, o porteiro à espera dos carros e seu sobrinho chegando, ao anoitecer, nos arredores.

– Tire o sobretudo, Philippe – interveio a sra. Maigret. – Senão pegará um resfriado ao sair.

Ele estava de smoking. O que produzia um efeito engraçado na cozinha baixa, com vigas grossas no teto e piso de lajotas vermelhas.

– Beba um pouco mais...

Mas Philippe levantou-se em um movimento brusco, apertou as próprias mãos como se fosse quebrá-las, possuído de raiva.

– Se soubesse, tio...

Tinha vontade de chorar e não conseguia. Seu olhar pousou mais uma vez sobre a lâmpada elétrica. Bateu os pés no chão.

– Aposto que daqui a pouco serei detido!

A sra. Maigret, que despejava água fervente sobre o café, virou-se com a panela na mão.

– O que está dizendo?

Maigret, que continuava fumando, afastou a gola com bordados vermelhos da camisa do pijama.

– Então você fazia uma vigilância defronte o Floria...

– Não defronte. Entrei – disse Philippe sem voltar a sentar-se. – No fundo do cabaré há um pequeno escritório, e Pepito instalou ali uma cama de campanha. É onde costuma dormir depois de ter fechado as portas.

Uma carroça passou na estrada. O relógio de parede estava parado. Maigret olhou o seu, de bolso, pendurado num prego acima da lareira, que marcava quatro horas e meia. Nos estábulos começavam a ordenhar, e charretes dirigiam-se ao mercado de Orléans. O táxi continuava na estrada, diante da casa.

– Eu quis dar uma de esperto – confessou Philippe. – Na semana passada, o chefe havia me xingado, disse que...

Ele corou, calou-se, buscou fixar o olhar em alguma coisa.

– Disse o quê?

– Não sei mais...

– Acho que eu sei! Conhecendo Amadieu, ele deve ter dito uma frase do tipo:

"– Você é um fantasista, rapaz, um fantasista como o seu tio!"

Philippe não disse sim nem não.

– Em suma, eu quis ser esperto – apressou-se em prosseguir. – Quando, por volta de uma e meia, os clientes saíram, me escondi no lavabo. Achei que, se Pepito soubesse de alguma coisa, talvez tentasse fazer a mercadoria sumir. Sabe o que aconteceu?

Maigret, mais grave, sacudiu lentamente a cabeça.

– Pepito estava sozinho, disso tenho certeza! Mas, de repente, ouvi um tiro. Demorei alguns segundos para compreender, mais alguns até correr pela sala. Ela parecia maior à noite. Havia somente uma luz acesa. Vi Pepito no chão entre duas fileiras de mesas; ao cair, havia derrubado cadeiras. Estava morto...

Maigret levantou-se, serviu-se uma boa dose de aguardente, enquanto a mulher lhe fazia um sinal para não beber demais.

– É tudo?

Philippe andava de um lado a outro da peça. E ele, que tinha a elocução um tanto difícil, pôs-se a falar fluentemente, com uma voz seca e mordaz.

– Não, não é tudo! Foi então que agi como um imbecil! Senti um grande pavor, não era mais capaz de pensar. A sala vazia, mergulhada em sombras, era sinistra. Havia serpentinas no chão e em cima das mesas. Pepito estava caído de um jeito estranho, de lado, com a mão perto do ferimento, e dava a impressão de olhar para mim. O que quer que eu lhe diga? Saquei o revólver e falei, gritei não sei o quê, e minha voz me assustou ainda mais. Por toda parte havia cantos escuros, papel pintado nas paredes, e tudo parecia se mexer. Fiz um esforço, fui ver; abri de repente uma porta coberta de veludo. Encontrei o painel elétrico e quis acender a luz. Pressionei interruptores ao acaso. E foi ainda mais assustador. Um projetor vermelho acendeu-se. Ventiladores roncaram em todos os cantos. Eu gritava: "quem está aí?".

Ele mordeu os lábios. A tia o olhava, tão comovida quanto ele. Era o filho da sua irmã. Nascera na Alsácia, e Maigret o fizera entrar no Quai des Orfèvres.

– Preferia vê-lo em outro setor da administração pública – havia dito sua mãe.

E agora ele ofegava.

– Não me censure, tio. Eu mesmo não sei, mal lembro como aquilo aconteceu. Em todo caso, atirei porque achei ter visto alguma coisa se mexer. Num momento me precipitava para frente, depois parava. Acreditava ouvir passos, cochichos. E só encontrava o vazio. Não imaginei que a sala fosse tão grande e tivesse tantos obstáculos. No final, eu me vi no escritório. Havia um revólver em cima da mesa. O cano ainda estava quente. Abri o tambor e vi que faltava uma bala...

– Imbecil! – resmungou Maigret entre os dentes.

O café fumegava no bule, e a sra. Maigret, com o açucareiro na mão, continuava ali sem saber o que fazia.

– Perdi completamente a razão. Ainda julguei ouvir um ruído do lado da porta. Corri. Foi só então que percebi que tinha uma arma em cada mão.

– Onde pôs o revólver?

A voz de Maigret era dura. Philippe baixou os olhos.

– Muitas ideias passavam pela minha cabeça. Se acreditassem num crime, pensariam que, já que eu estava sozinho com Pepito...

– Meu Deus! – gemeu a sra. Maigret.

– Isso durou somente alguns segundos. Pus o revólver perto da mão do cadáver, para fazer pensarem em suicídio, pois...

Maigret levantou-se e postou-se, com as mãos nas costas, diante da lareira, na sua posição favorita. Não estava barbeado. Engordara um pouco desde a época em que se postava assim diante do seu aquecedor no Quai des Orfèvres.

– Ao sair encontrou alguém, não é mesmo?

Ele estava certo disso.

– Bem no momento de fechar a porta atrás de mim, esbarrei num homem que passava pela calçada. Pedi desculpas. Nossos rostos quase se tocaram. Não sei sequer se, depois, fechei realmente a porta. Fui até a Place Clichy. Peguei um táxi e dei seu endereço.

A sra. Maigret pôs o açucareiro em cima da mesa e perguntou calmamente ao marido:

– Que roupa vai vestir?

Os preparativos estenderam-se por meia hora.

Enquanto Maigret barbeava-se e vestia-se no quarto, a sra. Maigret cozinhava ovos e fazia perguntas a Philippe.

– Tem notícias da sua mãe?

– Ela está bem. Deve vir a Paris na Páscoa.

Fizeram entrar o motorista do táxi, que não quis tirar seu pesado sobretudo marrom. Pequenas gotas d'água tremiam em seus bigodes. Ele se sentou num canto e não se mexeu mais.

– Meus suspensórios? – gritou Maigret lá de cima.

– Na primeira gaveta da cômoda.

Ao descer, Maigret vestia seu sobretudo com gola de veludo e seu chapéu-coco. Não quis comer os ovos, que estavam servidos, e bebeu uma quarta dose de aguardente, apesar do olhar de censura da mulher.

Eram cinco e meia quando a porta se abriu e os três homens se dirigiram até o táxi. O motor demorou a pegar. A sra. Maigret tiritava de frio no vão da porta, enquanto a lamparina fazia dançar clarões avermelhados nos vidros da janela.

Podia-se pensar que estava alvorecendo, tamanha a claridade. Mas era fevereiro, e a própria noite é que tinha aquele tom prateado. Em cada talo de erva havia uma gota de geada. As macieiras do pomar vizinho estavam tão brancas de gelo que pareciam frágeis como fios de vidro.

– Volto dentro de dois ou três dias! – falou Maigret.

E Philippe, constrangido, completou:

– Até mais ver, tia!

O motorista fechou a porta do carro e, durante os primeiros minutos, ficou aquecendo o motor.

– Peço-lhe perdão, tio...

– Por quê?

Philippe não ousou dizer por quê. Pedia perdão por sentir que essa partida tinha algo de dramático. Lembrava-se da figura do tio, havia pouco, junto à lareira, com seu pijama, suas velhas roupas, suas pantufas.

E agora mal tinha coragem de olhar para ele. É claro que era Maigret que estava a seu lado, fumando cachimbo, com a gola de veludo erguida, o chapéu sobre a testa. Mas não era um Maigret entusiasmado. Não era sequer um Maigret seguro de si. Por duas vezes ele havia se virado para a pequena casa que desaparecia.

– É às oito da manhã que Amadieu chegará à Rue Fontaine? – perguntou.

– Sim, às oito.

Eles tinham tempo. O táxi ia depressa. Atravessaram Orléans, onde os primeiros bondes já se locomoviam e, menos de uma hora depois, chegavam ao mercado de Arpajon.

– O que está pensando, tio?

Correntes de ar penetravam até o fundo do carro. O céu clareava. Começava a ficar dourado no leste.

Pararam na saída de Arpajon para se reaquecer num boteco; pouco depois despontava um sol pálido, elevando-se aos poucos no limite dos campos.

– Havia só ele e eu no...

– Cale-se! – disse Maigret aborrecido.

O sobrinho, como um garoto pego em falta, encolheu-se no seu canto, não ousava mais desviar o olhar da porta.

Entraram em Paris no momento em que começava a movimentação matinal. Passaram pelo Leão de Belfort, pelo Boulevard Raspail, pela Pont-Neuf...

Alguém diria que a cidade acabava de ser lavada com água limpa, tão vivas eram as cores. Um comboio de barcaças subia lentamente o Sena, e o rebocador, para anunciar sua frota, apitava, lançando jatos de vapor imaculado.

– Quantos passantes havia na Rue Fontaine quando você saiu?

– Só vi aquele em quem esbarrei.

Maigret suspirou e esvaziou o cachimbo, dando batidinhas no salto do sapato.

– Aonde querem ir? – perguntou o motorista, que abrira o vidro interno.

Detiveram-se um momento para deixar a valise de Maigret num hotel e depois retornaram ao táxi para ir até a Rue Fontaine.

– Não é tanto o que se passou no Floria que me preocupa. É esse homem que esbarrou em você.

– O que supõe?

– Não suponho nada!

Era uma de suas expressões favoritas e retornou do passado quando ele se virava para ver a silhueta outrora tão familiar do Palácio da Justiça.

– Por um momento me ocorreu a ideia de ir contar tudo ao chefe superior – murmurou Philippe.

Maigret não respondeu. E, até a Rue Fontaine, conservou nos olhos a visão do Sena escoando numa fina bruma azul e dourada.

Eram dez para as sete. Os vidros do bar da esquina, o Tabac Fontaine, que fica aberto a noite toda, eram lavados. Pessoas que iam trabalhar tomavam às pressas café com leite, acompanhado de um croissant. Quem atendia era um jovem do Auvergne de cabelo preto; o patrão não dormia antes das cinco ou seis horas e levantava-se ao meio-dia. Havia pontas de charuto e de cigarro junto a uma lousa onde eram marcados os pontos do jogo de bisca.

Maigret comprou tabaco para cachimbo e pediu um sanduíche, enquanto Philippe impacientava-se.

– O que houve esta noite? – perguntou o ex-comissário, com a boca cheia de pão e presunto.

Enquanto recolhia a moeda, o rapaz respondeu sem emoção:

– Parece que o patrão do Floria foi morto.

– Palestrino?

– Não sei. Meu turno é de dia. E de dia as boates não funcionam.

Eles saíram; Philippe não ousava dizer nada.

– Percebe? – resmungou Maigret.

De pé à beira da calçada, ele acrescentou:

– A informação partiu do homem no qual você esbarrou. Em princípio, nada se deveria saber antes das oito horas.

Avançaram em direção ao Floria, mas pararam a uns cinquenta metros. Distinguia-se o quepe de um guarda diante da porta. Na outra calçada havia um ajuntamento.

– Que devo fazer?

– Seu chefe certamente está no local. Vá até lá e conte a ele...

– Mas, e o senhor, tio?

Maigret sacudiu os ombros e continuou:

– ...conte-lhe a verdade.

– E se ele me perguntar aonde fui em seguida?

– Responda que foi me procurar.

O tom era de resignação. Eles haviam começado mal, eis tudo. Era uma história estúpida de doer.

– Peço que me perdoe, tio!

– Nada de cenas sentimentais na rua! Se deixarem você em liberdade, vá até o Chope du Pont-Neuf. Se eu não estiver lá, encontrará um recado.

Nem sequer apertaram-se as mãos. Philippe tomou o rumo do Floria, em direção ao guarda que não o conhecia e quis barrar-lhe a passagem. O inspetor precisou mostrar seu distintivo e depois desapareceu no interior.

Quanto a Maigret, de mãos nos bolsos, permaneceu a distância, como os curiosos. Esperou. Esperou quase meia hora, sem nada saber do que se passava na boate.

O comissário Amadieu foi o primeiro a sair, seguido de um homenzinho comum, com a aparência de garçom de café.

E Maigret nem precisou de explicações. Sabia que era o passante que esbarrara em Philippe. Ele adivinhou a pergunta de Amadieu.

– Foi exatamente aqui que esbarrou nele?

Sinal afirmativo do garçom. Gesto do comissário Amadieu para chamar Philippe, que havia ficado no interior e que então apareceu, nervoso como um aluno do Conservatório e como se a rua inteira soubesse das suspeitas que pesariam sobre ele.

– Foi este senhor que saía naquele momento? – deve ter dito Amadieu, puxando seus bigodes castanhos.

O garçom continuou afirmando.

Havia dois outros inspetores. O comissário divisionário olhou seu relógio e, após um breve conciliábulo, o garçom afastou-se e entrou no boteco da esquina, enquanto os policiais voltavam ao Floria.

Quinze minutos mais tarde, dois carros chegavam, um atrás do outro. Eram do Ministério Público.

– Preciso voltar lá para repetir minhas declarações – confiou o garçom ao atendente do Tabac Fontaine. – Mais um vinho branco, depressa!

E, incomodado pelo olhar pesado de Maigret, que bebia uma cerveja bock perto dele, perguntou em voz baixa:

– Quem é esse cara?

CAPÍTULO II

MAIGRET, COM A APLICAÇÃO de um estudante, desenhou um retângulo e, mais ou menos no meio desse retângulo, traçou uma pequena cruz. Com a cabeça um pouco inclinada, analisou sua obra, fazendo beicinho. O retângulo representava o Floria e a cruz era Pepito. Num dos cantos do retângulo, Maigret pôs um outro menor, o escritório. E nesse escritório, enfim, um ponto indicava o revólver.

Aquilo não servia para nada, não queria dizer nada. O caso não era um problema de geometria. Mesmo assim Maigret insistia, amassava a folha de papel, recomeçava o desenho em uma outra.

Mas ele não pensava mais no sentido do retângulo e das cruzes. Com a cabeça inclinada, o ar aplicado, tentava captar aqui e ali um pedaço de frase, um olhar, surpreender uma atitude.

Estava sozinho no seu antigo lugar, no fundo do Chope du Pont-Neuf. E era tarde demais para se perguntar se fizera bem ou mal em ir a Paris. Todo mundo o tinha visto. O dono do estabelecimento apertara-lhe a mão.

– Como vão as galinhas e os coelhos?

Maigret estava perto da janela e avistava a Pont-Neuf rosada ao sol, a grande escadaria do Palácio da Justiça, a entrada da prisão provisória. Com um guardanapo na mão e o rosto descontraído, o dono da brasserie acreditava ser amável ao acrescentar:

– E então? Contente? Veio dar uma volta para rever os colegas?

Os inspetores da via pública e dos hotéis não tinham perdido o hábito de uma partida de bisca no Chope antes de saírem a trabalho. Havia alguns novos que Maigret não conhecia, mas os outros, após tê-lo cumprimentado, puseram-se a falar em voz baixa com os colegas.

Foi então que ele desenhou o primeiro retângulo e a primeira cruz. As horas passaram. No momento do aperitivo, havia na sala uns dez da "casa". O bravo Lucas, que trabalhara cem vezes com o comissário, aproximou-se dele um pouco constrangido.

– Como vai, chefe? Veio matar as saudades de Paris?

Entre duas baforadas de cachimbo, Maigret limitou-se a perguntar:

– O que Amadieu contou?

Não havia necessidade de lhe mentirem. Ele conhecia bem os chefes e a Polícia Judiciária para adivinhar o que se passava. Era meio-dia, e Philippe ainda não aparecera no Chope.

– O senhor sabe como é o comissário Amadieu. Tivemos alguns problemas na boate nos últimos tempos. E também com o Ministério Público. Então...

– O que ele disse?

– Que o senhor estava aqui, é claro. Que ia tentar...

– Conheço sua expressão: ele disse "dar uma de esperto".

– Preciso ir – balbuciou Lucas, um tanto perturbado.

Maigret pediu mais uma cerveja e retornou aos seus retângulos, enquanto falavam dele na maior parte das mesas.

Almoçou no mesmo lugar que o sol agora atingia. O fotógrafo da Identidade Judiciária comia um pouco mais adiante. Ao tomar seu café, Maigret repetiu a si mesmo, com o lápis na mão:

– Pepito estava aqui, entre duas fileiras de mesas. O assassino estava escondido em algum lugar. Esconderijos não faltam. Ele atirou, ignorando a presença do idiota do Philippe. Depois foi até o escritório, onde queria pegar alguma coisa. Acabava de largar o revólver na mesa quando ouviu ruídos e se escondeu de novo. Então os dois passaram a brincar de esconde-esconde...

Era simples. Inútil procurar outra explicação. O assassino conseguiu chegar à porta sem ser visto e saiu para a rua, enquanto Philippe se demorava.

Até aí, nada de extraordinário. Qualquer imbecil faria o mesmo. O importante é o que vem a seguir: a ideia de fazer com que alguém reconheça Philippe e testemunhe contra ele.

E isso é feito alguns instantes depois. O assassino encontra seu homem, em plena noite, numa rua deserta. Este esbarra no policial, que saía, e vai até a delegacia de plantão na Place Blanche.

– Sr. agente, acabo de ver um sujeito saindo do Floria como alguém que cometeu algum delito. Estava tão apressado que não se deu o trabalho de fechar a porta.

Maigret, sem olhar os colegas que bebiam cerveja na sala, adivinhou que os antigos cochichavam aos jovens:

– Já ouviu falar do comissário Maigret? É ele!

E Amadieu, que não gostava dele, deve ter anunciado nos corredores da Polícia Judiciária:

– Ele vai tentar dar uma de esperto. Mas veremos!

Às quatro da tarde, Philippe ainda não havia chegado. Os jornais vespertinos saíram com detalhes do caso, inclusive a confissão do inspetor. Mais um golpe de Amadieu.

No Quai des Orfèvres havia uma certa agitação; davam-se telefonemas, consultavam-se dossiês, ouviam-se testemunhas e informantes.

Maigret, contraído e com as narinas trêmulas, fazia pacientemente pequenos desenhos com a ponta do seu lápis.

Custasse o que custasse, ele precisava encontrar o assassino de Pepito. Mas não estava animado, tinha medo e indagava se teria êxito. Espiava os jovens inspetores e tentava saber o que eles pensavam a seu respeito.

Só quando faltavam quinze para as seis é que Philippe chegou. Ele ficou um momento de pé na sala, como que ofuscado pela luz. Ao sentar-se junto de Maigret, tentou sorrir e balbuciou:

– Foi longo!

Estava tão cansado que passava a mão na testa, como para juntar as ideias.

– Estou vindo do Ministério Público. O juiz de instrução me interrogou durante uma hora e meia. Primeiro me fez esperar duas horas no corredor.

Eles eram observados. E, enquanto Philippe falava, Maigret olhava as pessoas à sua frente.

– Sabe, tio, é muito mais grave do que pensávamos.

Cada palavra, para o comissário, estava cheia de ressonância. Ele conhecia o juiz Gastambide, um basco meticuloso, desdenhoso, que pesava suas palavras, que preparava durante vários minutos a frase que ia pronunciar e a deixava cair, enfim, como quem diz:

– O que pode responder a isso?

E conhecia o corredor, lá em cima, abarrotado de réus cercados de guardas, os bancos repletos de testemunhas impacientes, de mulheres em lágrimas. Se fizeram Philippe esperar, foi de propósito.

– O juiz disse que eu não me ocupasse de nenhum caso, não tentasse nenhum procedimento antes do final da instrução. Devo considerar-me como de licença e à disposição dele.

O Chope du Pont-Neuf vivia sua hora mais animada, a do aperitivo do fim da tarde. Todas as mesas estavam ocupadas. Subia a fumaça dos cachimbos e dos cigarros. De quando em quando, um recém-chegado cumprimentava Maigret de longe.

Philippe não ousava olhar ninguém, nem mesmo seu companheiro.

– Estou desolado, tio.

– Que mais aconteceu?

– Acreditava-se, é claro, que o Floria fecharia suas portas, pelo menos por alguns dias. Não é bem assim.

Houve hoje uma série de telefonemas, de intervenções misteriosas. Parece que o Floria foi vendido há dois dias e que Pepito não era mais o proprietário. O comprador acionou não sei que influências, e hoje à noite o cabaré abrirá, como de hábito.

Maigret franziu as sobrancelhas. Teria sido por causa do que acabava de ouvir, ou por que o comissário Amadieu, acompanhado de um colega, entrava e se instalava na outra ponta da sala?

– Godet! – Maigret chamou em voz alta.

Godet era um inspetor da Brigada de Costumes, que jogava cartas três mesas adiante. Ele se virou, com as cartas na mão, e hesitou.

– Venha aqui quando tiver terminado a partida.

E o ex-comissário amassou suas pontas de papel, jogando-as no chão. Bebeu a cerveja toda de um trago só e enxugou os lábios, olhando na direção de Amadieu.

Este havia ouvido. Observava a cena de longe, enquanto misturava água no seu Pernod. Godet aproximou-se enfim, intrigado.

– Quer falar comigo, sr. comissário?

– Como vai, meu velho? – disse Maigret apertando-lhe a mão. – Uma simples informação. Você continua na Brigada de Costumes, não é? Bem, sabe me dizer se hoje de manhã alguém viu Cageot no escritório?

– Deixe-me ver... Acho que ele veio, por volta das onze horas.

– Obrigado, velho.

Era tudo. Maigret olhava para Amadieu, e este olhava para Maigret. Só que agora era Amadieu que se sentia pouco à vontade; era Maigret que reprimia um sorriso.

Philippe não ousava intervir. O caso subia para um outro nível. Era um jogo que estava fora do seu alcance, e ele não conhecia sequer suas regras.

– Godet! – chamou uma voz.

Dessa vez, todos os que na sala pertenciam à "casa" estremeceram ao olhar o inspetor, que se levantou de novo, com as cartas na mão, e se dirigiu até o comissário Amadieu.

Não havia necessidade de ouvir as palavras pronunciadas, pois todos sabiam. Amadieu disse:

– O que foi que ele lhe perguntou?

– Se eu vi Cageot hoje de manhã.

Maigret acendeu o cachimbo, deixou o fósforo queimar até a última extremidade, levantou-se por fim e chamou:

– Garçom!

Erguido com todo o seu porte, ele esperou o troco, olhando vagamente ao redor.

– Para onde vamos? – perguntou Philippe quando eles saíram.

Maigret virou-se para ele, como se estivesse surpreso de encontrá-lo ali.

– Você, vá dormir – disse.

– E o senhor, tio?

Maigret sacudiu os ombros, enfiou as mãos nos bolsos e afastou-se sem responder. Ele acabava de ter um dos piores dias de sua vida. Durante horas, no seu canto, sentira-se envelhecido e frouxo, sem energia, sem ideia.

Esse estado produzira um efeito. Uma pequena chama havia surgido. Mas era preciso aproveitá-la de imediato.

– É o que veremos, diabos! – resmungou para dar-se mais confiança.

Nos outros dias, a essa hora, ele lia seu jornal, sob a lamparina, com as pernas estendidas em direção à lareira acesa.

– Vem seguidamente a Paris?

Maigret, com os cotovelos apoiados no bar do Floria, balançou a cabeça e limitou-se a responder:

– Hum... De vez em quando...

Seu bom humor havia voltado, um bom humor que não se traduzia por sorrisos, mas por um bem-estar interior. Ele tinha a faculdade de divertir-se sozinho por dentro, sem nada perder da gravidade aparente. Uma mulher estava sentada ao lado. Ela lhe pedira para oferecer-lhe uma bebida, e ele fizera um sinal de assentimento.

Dois anos antes, uma profissional nunca teria se enganado. O sobretudo com gola de veludo, o terno escuro de sarja resistente, a gravata bem-arrumada não queriam dizer nada. Se ela o tomou por um provinciano em busca de divertimento, é porque ele havia mudado.

– Aconteceu alguma coisa aqui, não foi? – ele murmurou.

– Mataram o patrão na noite passada.

Ela se enganou também em relação ao seu olhar, que acreditou excitado. A coisa era bem mais complexa! Maigret reencontrava um mundo que há muito abandonara. Essa mulher qualquer, ele a conhecia sem conhecê-la. Estava certo de que ela não estava regularmente inscrita nos registros da Prefeitura e que, no passaporte, havia a menção artista ou dançarina. Quanto ao barman chinês que os servia, Maigret teria podido recitar-lhe a ficha antropométrica. A mulher da chapelaria, porém, não se enganara e o cumprimentara com uma certa inquietação, vasculhando suas lembranças.

Entre os garçons, Maigret já havia convocado pelo menos dois deles à sua sala para casos do mesmo tipo.

Ele havia pedido um conhaque com água. Observava vagamente a sala, e por instinto, como no papel, seu olhar colocava as cruzes nos respectivos lugares. Clientes que haviam lido os jornais faziam perguntas, e os garçons os informavam, mostrando o lugar, depois da quinta mesa, onde o cadáver fora encontrado.

– Não gostaria de beber comigo uma garrafa de champanhe?

– Não, minha querida.

A mulher por pouco não adivinhou; pelo menos ficou intrigada, enquanto Maigret seguia com os olhos o novo patrão, um jovem de cabelos louros que ele conhecera como gerente de um dancing de Montparnasse.

– O senhor me acompanhará até minha casa?

– Naturalmente! Daqui a pouco.

Enquanto esperava, ele foi até o lavabo, adivinhou o lugar onde Philippe se escondera. No fundo da sala, avistou o escritório cuja porta estava entreaberta. Mas era algo sem interesse. Ele já conhecia o cenário antes de pôr os pés na Rue Fontaine. Os atores também. Podia, dando a volta pela sala, designar cada pessoa, dizendo:

– Nesta mesa, jovens recém-casados do sul da França se divertem. Este sujeito meio bêbado é um alemão que acabará a noite sem sua carteira. Ali adiante, o dançarino mundano tem um registro criminal e pacotinhos de cocaína nos bolsos. Ele está de conluio com o maître, que já esteve três anos na prisão. A morena gorduchinha passou dez anos no Maxim's e termina a carreira em Montmartre...

Voltou ao bar.

– Posso pedir um outro coquetel? – perguntou a mulher a quem ele já havia oferecido uma bebida.

– Como é o seu nome?

– Fernande.

– O que você fez ontem à noite?

– Eu estava com três caras, rapazes de boa família que queriam experimentar éter. Eles me levaram a um hotel da Rue Notre-Dame-de-Lorette...

Maigret não sorriu, mas poderia ter continuado o relato.

– Primeiro fomos, um de cada vez, à farmácia da Rue Montmartre e compramos um frasco de éter. Eu não sabia bem o que ia acontecer. Tiramos a roupa. Mas eles nem sequer me olharam. Deitamos os quatro na mesma cama. Depois que aspiraram o éter, um deles se ergueu, dizendo com uma voz engraçada:

"– Vejam, há anjos em cima do armário!... Como são graciosos... Vou pegá-los...

"Quis se levantar, mas caiu no carpete. Quanto a mim, o cheiro me dava náuseas. Perguntei se era tudo o que queriam de mim e voltei a me vestir. Mesmo assim me diverti. No travesseiro, entre duas cabeças, havia um percevejo. E ainda ouço a voz de um dos sujeitos, dizendo como num sonho:

"– Tenho um percevejo diante do nariz!

"– Eu também – suspirou o outro.

"E não se mexiam. Os dois entortavam os olhos."

A moça bebeu num gole seu coquetel e concluiu:

– Malucos!

No entanto, ela começava a se inquietar.

– O senhor vai ficar comigo esta noite, não vai?

– Sim, naturalmente! – replicou Maigret.

Uma cortina separava o bar da entrada onde ficava a chapelaria. Do seu lugar, Maigret podia ver pela fresta da cortina. De repente, desceu da banqueta e andou alguns passos. Um homem acabava de chegar, tendo murmurado à empregada da chapelaria:

– Alguma novidade?

– Boa noite, sr. Cageot.

Foi Maigret quem falou, com as mãos nos bolsos do sobretudo e o cachimbo na boca. Seu interlocutor, que lhe virava as costas, deu lentamente a meia-volta, examinou-o dos pés à cabeça e resmungou:

– Você aqui?

Atrás deles havia uma cortina vermelha e música, diante da porta aberta para a rua fria onde deambulava o porteiro. Cageot hesitava em retirar seu sobretudo.

Fernande, que não estava tranquila, aproximou-se para espiar, mas logo se retirou.

– Bebe um champanhe?

Cageot havia enfim tomado uma decisão e deixou o sobretudo na chapelaria, ao mesmo tempo em que observava Maigret.

– Como quiser – este aceitou.

O maître precipitou-se para conduzi-los a uma mesa livre. Sem olhar a carta de vinhos, o recém-chegado falou:

– Mumm 26!

Ele não vestia traje a rigor, mas um terno cinza-escuro tão malcortado quanto o de Maigret. Não estava sequer recém-barbeado, e nas faces cresciam pelos grisalhos.

– Achei que havia se aposentado!

– Eu também!

Isso aparentemente não queria dizer nada, mas Cageot franziu as sobrancelhas, fazendo um gesto para chamar a moça encarregada dos charutos e cigarros. No bar, Fernande mantinha os olhos bem abertos. O jovem Albert, que desempenhava o papel de patrão da boate, perguntava-se se devia ou não se aproximar.

– Um charuto?

– Obrigado – disse Maigret, limpando seu cachimbo.

– Vai ficar em Paris por muito tempo?

– Até que o assassino de Pepito seja preso.

Eles não elevavam a voz. Ao lado, homens de smoking divertiam-se atirando bolas de algodão e serpentinas. O saxofonista passava entre as mesas, tocando gravemente seu instrumento.

– Foi chamado de volta para esse caso?

Germain Cageot tinha um rosto comprido, inexpressivo, sobrancelhas espessas de um cinza de bolor. Era o último homem que se esperaria encontrar num lugar onde as pessoas se divertem. Falava devagar, com frieza, e observava o efeito de cada palavra.

– Vim sem ser chamado.

– Está trabalhando por conta própria?

– Digamos que sim.

Isso também não queria dizer nada. A própria Fernande devia pensar que era pelo maior dos acasos que seu companheiro conhecia Cageot.

– Desde quando comprou a boate?

– O Floria? Está enganado. Pertence ao Albert.

– Como pertencia ao Pepito.

Cageot não negou, contentou-se com um sorriso sem graça e deteve o gesto do garçom que queria servir-lhe champanhe.

– E afora isso? – perguntou no tom de alguém que busca um assunto de conversa.

– Qual é o seu álibi?

Cageot deu um novo sorriso, mais neutro ainda, e falou sem hesitar:

– Fui deitar-me às nove da noite. Estava um pouco gripado. A zeladora, que me ajuda como empregada, preparou um grogue e serviu-me na cama.

Nenhum dos dois prestava atenção na algazarra que os cercava como um muro. Estavam habituados a isso. Maigret fumava seu cachimbo, o outro um charuto.

– Sempre na água mineral? – perguntou o ex-comissário, enquanto seu interlocutor servia-lhe champanhe.

– Sempre.

Estavam frente a frente como dois áugures, graves, um pouco contraídos. De uma mesa vizinha, uma mulher que não os conhecia tentava lançar-lhes bolas de algodão.

– Conseguiu obter a reabertura bem rapidamente! – observou Maigret entre duas baforadas de fumaça.

– Sempre tive boas relações na "casa".

– Sabe que um rapaz se comprometeu estupidamente no caso?

– Li alguma coisa a respeito nos jornais. Um jovem policial que estava escondido no lavabo e que, assustado, matou Pepito.

O jazz continuava. Um inglês, tanto mais rígido por estar bêbado, passou perto de Maigret, murmurando:

– Perdão.

– Não foi nada.

E Fernande o observava do bar com olhos inquietos. Maigret sorriu para ela.

– Os jovens policiais são imprudentes – suspirou Cageot.

– Foi o que eu disse ao meu sobrinho.

– Seu sobrinho se interessa por esses assuntos?

– É justamente o rapaz que estava escondido no lavabo.

Cageot não podia empalidecer, pois já tinha a pele esbranquiçada. Mas apressou-se a beber um gole de água mineral, enxugando a seguir a boca.

– Que azar, não?

– Foi o que eu disse a ele.

Fernande, com o queixo, indicou-lhe o relógio que marcava uma e meia. Maigret fez-lhe um sinal de que já estava indo.

– À sua saúde! – disse Cageot.

– À sua também.

– É bom viver no campo? Disseram-me que está morando lá.

– Sim, é bom.

– Em Paris, o inverno é insalubre.

– Pensei a mesma coisa ao saber da morte de Pepito.

– Deixe, é por minha conta! – protestou Cageot quando seu companheiro abriu a carteira.

Mesmo assim Maigret pôs cinquenta francos em cima da mesa e, de pé, falou:

– Até mais ver!

Ele passou diante do bar e soprou a Fernande:

– Venha.

– Pagou?

Na rua, ela hesitou em tomar-lhe o braço. Ele continuava com as mãos nos bolsos e andava a grandes passos lentos.

– Você conhece Cageot? – ela perguntou enfim, após ter hesitado no "você".

– É um conterrâneo.

– Acho que deve tomar cuidado. É um sujeito meio estranho. Digo isso porque você me parece um cara legal.

– Você dormiu com ele?

Então Fernande, que dava dois passos para um de Maigret, replicou simplesmente:

– Ele não é disso!

Em Meung, a sra. Maigret dormia na casa que cheirava a madeira queimada e a leite de cabra. Philippe também acabara por adormecer, em seu quarto de hotel da Rue des Dames, junto à mesa de cabeceira onde pusera os óculos.

CAPÍTULO III

MAIGRET ESTAVA SENTADO À beira da cama, enquanto Fernande, com as pernas cruzadas, soltava um suspiro de alívio ao tirar os sapatos. Com a mesma naturalidade, ela levantou o vestido de seda verde para desprender as ligas que retinham as meias.

– Não vai se despir?

Maigret fez que não com a cabeça, mas ela não percebeu, pois passava o vestido por cima da cabeça.

O pequeno apartamento de Fernande ficava na Rue Blanche. A escada do prédio, coberta de um tapete vermelho, cheirava a cera e a terebintina. Quando Maigret subia, garrafas de leite vazias esperavam diante de todas as portas. Depois eles atravessaram uma sala de estar entulhada de bibelôs, de onde Maigret entreviu uma cozinha muito limpa, na qual todos os objetos estavam dispostos com um cuidado meticuloso.

– Em que está pensando? – perguntou Fernande, que agora exibia suas pernas longas e brancas e olhava os dedos dos pés com interesse.

– Em nada. Posso fumar?

– Há cigarros em cima da mesa.

Maigret, com o cachimbo nos dentes, andava de um lado a outro, parando diante do retrato ampliado de uma mulher de cinquenta anos, depois diante de um vaso de cobre que continha uma planta verde. O soalho estava encerado e, junto à porta, viam-se dois pedaços de feltro em forma de sola que Fernande devia usar para circular pela casa sem sujar o chão.

– Você é do Norte? – ele perguntou sem olhar para ela.

– O que o faz pensar isso?

Ele parou enfim diante dela, que tinha os cabelos de um louro indeciso, puxando para o ruivo, um rosto irregular, a boca um pouco larga, um nariz pontudo com manchas de sarda.

– Sou de Roubaix.

É o que dava para perceber pela maneira como o apartamento estava arrumado e polido, sobretudo pela ordem que reinava na cozinha. Maigret tinha certeza de que, pela manhã, Fernande instalava-se ali, junto ao fogão, e bebia uma imensa xícara de café enquanto lia o jornal.

Agora ela olhava seu companheiro com uma ponta de inquietação.

– Não vai se despir? – repetiu, levantando-se e aproximando-se do espelho.

Para em seguida acrescentar, com suspeita:

– Por que você veio?

Ela pressentia algo de anormal e seu espírito afligia-se.

– Não vim para isso, tem razão – confessou Maigret, sorrindo.

E sorriu ainda mais ao vê-la pegar um robe, como que tomada de um pudor súbito.

– Então o que quer?

Ela não adivinhava, porém estava acostumada a classificar os homens. Examinou os sapatos, a gravata, os olhos do seu visitante.

– Por acaso é da polícia?

– Sente-se. Vamos conversar como bons amigos. Não está inteiramente enganada, pois durante muito tempo fui comissário na Polícia Judiciária.

Ela franziu os cenhos.

– Não tenha medo, não sou mais! Vivo aposentado no campo e, se estou hoje em Paris, é porque Cageot fez uma sujeira.

– Então é isso! – ela falou para si mesma, relembrando os dois homens sentados à mesa em atitudes tão estranhas.

– Preciso de uma prova, e há pessoas que não posso interrogar.

Ela parou de tratá-lo por você.

– O senhor quer que eu o ajude? É isso?

– Adivinhou. Sabe tão bem quanto eu que o Floria é um antro de crápulas.

Ela suspirou em sinal de assentimento.

– O verdadeiro patrão é Cageot, que também é dono do Pelican e do Boule Verte.

– Parece que ele também abriu uma casa noturna em Nice.

Os dois acabaram por se sentar, cada um de um lado da mesa, e Fernande perguntou:

– Quer beber alguma coisa quente?

– Agora não. Você ouviu falar da história da Place Blanche, há quinze dias. Um carro passou, com três ou quatro homens dentro, por volta das três da madrugada. Entre a Place Blanche e a Place Clichy, a porta do carro se abriu e um dos homens foi jogado na calçada. Acabava de ser morto com uma facada.

– Barnabé! – disse Fernande.

– Você o conhecia?

– Ele ia ao Floria.

– Pois bem, Cageot está por trás disso! Não sei se ele mesmo estava no carro, mas Pepito estava. E, na noite passada, foi a vez dele.

Ela não disse nada. Refletia, com uma ruga na testa, e daquele jeito parecia uma dona de casa qualquer.

– Qual é o seu interesse nisso? – ela objetou enfim.

– Se eu não pegar o Cageot, um sobrinho meu é que será condenado no lugar dele.

– O ruivo alto que parece um agente fiscal?

Foi a vez de Maigret surpreender-se.

– Como sabe?

– Há dois ou três dias ele veio ao bar do Floria. Reparei nele porque não dançava nem conversava com ninguém. Ontem ele me pagou uma bebida. Tentei puxá-lo pela língua e ele confessou sem confessar; explicou, gaguejando, que não podia dizer nada, mas que cumpria uma missão importante.

– O cretino!

Maigret levantou-se e foi direto ao objetivo.

– Então, entendeu? Há dois mil francos para você se me ajudar a pegar Cageot.

Ela sorriu sem querer. Aquilo a divertia.

– O que devo fazer?

– Para começar, preciso saber se, na noite passada, o nosso Cageot pôs os pés no Tabac Fontaine.

– Quer que eu vá até lá esta noite?

– Agora mesmo, se quiser.

Ela retirou o penhoar e, com o vestido na mão, olhou por um instante Maigret.

– Volto a me vestir como estava?

– Naturalmente – suspirou Maigret, colocando cem francos em cima da lareira.

Os dois retornaram à Rue Blanche. Na esquina da Rue de Douai, separaram-se após um aperto de mão, e Maigret desceu pela Rue Notre-Dame-de-Lorette. Ao chegar ao hotel, surpreendeu-se assobiando baixinho.

Às dez da manhã, estava instalado no Chope du Pont-Neuf e escolhera uma mesa que o sol atingia por intermitência, pois os passantes o interceptavam a um ritmo regular. Já havia um clima de primavera no ar. A vida da rua estava mais animada, os ruídos mais agudos.

No Quai des Orfèvres era a hora do relatório. No fim do corredor onde se alinham as salas, o diretor da P.J. recebia seus colaboradores, que lhe apresentavam os dossiês. O comissário Amadieu estava presente entre os colegas. Maigret adivinhou a voz do chefe superior.

– Então, Amadieu, e esse caso Palestrino?

Amadieu inclinou-se, passou a mão no bigode e esboçou um sorriso amável.

– Aqui estão os relatórios, sr. diretor.

– É verdade que Maigret está em Paris?

– Foi o que disseram.

– Mas então por que diabos ele não vem me ver?

Maigret sorriu. Tinha certeza de que as coisas se passariam assim. Ele via a cabeça comprida de Amadieu ficar ainda mais comprida. Podia ouvi-lo insinuar:

– Talvez ele tenha suas razões.

– Acredita realmente que o inspetor atirou?

– Não afirmo nada, sr. diretor. Tudo o que sei é que o revólver traz suas impressões digitais. Foi encontrada uma segunda bala na parede.

– Mas por que ele teria feito isso?

– Entrou em pânico... Enviam-nos inspetores jovens que não estão preparados para...

Philippe entrava nesse instante no Chope du Pont-Neuf e caminhava em direção ao tio, que perguntou:

– O que vai beber?

– Um café com leite. Fiz tudo o que o senhor me pediu, mas não foi fácil. O comissário Amadieu está de olho em mim. E os outros me olham com desconfiança.

Ele limpou as lentes dos óculos e tirou papéis do bolso.

– Em primeiro lugar, Cageot. Fui aos Arquivos Judiciários e copiei sua ficha. Nasceu em Pontoise e agora tem 53 anos. Começou como escrevente de advogado em Lyon e foi condenado a um ano por falsificação e uso de falsificação. Três anos mais tarde, pegou seis meses por tentativa de fraude na Previdência. Foi em Marselha.

"Perdi suas pegadas durante alguns anos, mas tornei a encontrá-las em Montecarlo, onde foi crupiê. A partir desse momento, ele passou a ser informante da polícia, o que não o impediu de envolver-se num caso de jogo que nunca foi esclarecido.

"Enfim, há cinco anos, em Paris, ele é o gerente do Cercle de l'Est, uma casa de jogos que não tarda a ser fechada. Mas Cageot não se preocupa com isso. Desde então, vive na Rue des Batignolles, num apartamento cuja limpeza é feita por uma faxineira. Continua a fazer visitas à Rue des Saussaies e ao Quai des Orfèvres. Três casas noturnas, pelo menos, pertencem a ele, mas são gerenciadas por testas de ferro."

– E Pepito? – pronunciou Maigret, que havia tomado notas.

– Vinte e nove anos. Nascido em Nápoles. Duas vezes expulso da França por tráfico de entorpecentes. Não há outros delitos.

– Barnabé?

– Nascido em Marselha. Trinta e dois anos. Três condenações, uma delas por cumplicidade em roubo à mão armada.

– Foi encontrada a mercadoria no Floria?

– Nada. Nem drogas, nem papéis. O assassino de Pepito levou tudo.

– Como se chama o sujeito que esbarrou em você e alertou a polícia?

– Joseph Audiat. É um ex-garçom que se ocupa de corridas de cavalos. Não tem domicílio fixo e faz enviar sua correspondência ao Tabac Fontaine. Acho que ele recolhe as apostas.

– A propósito: encontrei sua amiga – disse Maigret.

– Minha amiga? – repetiu Philippe, corando.

– Uma moça alta, com vestido de seda verde, a quem você pagou uma bebida no Floria. Quase dormimos juntos.

– Eu, não! – protestou Philippe. – Se ela lhe disse o contrário...

Lucas, que acabava de entrar, hesitava em se aproximar. Maigret fez-lhe um sinal para vir.

– Está se ocupando do caso?

– Não exatamente, chefe. Queria apenas lhe informar, de passagem, que Cageot está novamente na casa. Chegou há quinze minutos e se encerrou com o comissário Amadieu.

– Toma uma cerveja?

Lucas encheu seu cachimbo servindo-se do pacote de tabaco de Maigret. Era a hora em que os garçons se ocupavam em vedar aberturas nas janelas e em espalhar serragem entre as mesas. O patrão, já de casaco preto, passava em revista as entradas dispostas num bufê.

– Acha que foi Cageot? – perguntou Lucas, baixando a voz e estendendo a mão até sua cerveja.

– Tenho certeza.

– Não é engraçado!

Philippe evitava intervir e olhava com respeito os dois companheiros que haviam trabalhado juntos durante vinte anos e que, de tempos em tempos, entre duas baforadas de cachimbo, deixavam sair algumas sílabas.

– Ele chegou a vê-lo, chefe?

– Fui procurá-lo para dizer que o pegarei. Garçom! Mais duas cervejas.

– Ele nunca confessará.

Caminhões da Samaritaine passavam atrás das vidraças, muito amarelos ao sol. Bondes seguiam atrás, fazendo soar suas campainhas.

– O que pretende fazer?

Maigret levantou os ombros. Ele não sabia. Seus olhos, para além da agitação da rua, para além do Sena, fixavam o Palácio da Justiça. Philippe distraía-se com seu lápis.

– Preciso ir – suspirou Lucas. – Tenho de investigar um rapaz da Rue Saint-Antoine, um polonês que andou fazendo umas safadezas. Estará aqui hoje à tarde?

– Provavelmente.

Maigret levantou-se também. Philippe inquietou-se:

– Vou com o senhor?

– Prefiro que não. Retorne ao Quai des Orfèvres. Voltaremos aqui para almoçar.

Ele pegou o ônibus e, meia hora mais tarde, subia até o apartamento de Fernande. Ela demorou alguns minutos para abrir, pois ainda estava deitada. O sol entrava no quarto e fazia cintilar os lençóis da cama desarrumada.

– Já? – surpreendeu-se Fernande, segurando a ponta do pijama sobre o peito. – Eu estava dormindo. Espere um instante.

Ela foi até a cozinha, acendeu o fogão a gás e encheu uma panela de água sem parar de falar.

– Fui à tabacaria, como o senhor me pediu. É claro que eles não desconfiam de mim. Sabe que o dono também possui uma casa de prostituição em Avignon?

– Continue.

– Havia uma mesa onde jogavam bisca. Eu era aquela que trabalhou a noite toda e está cansada.

– Reparou se havia um sujeito moreno, chamado Joseph Auriat?

– Sim, havia um Joseph... Ele contou que passara a tarde com um juiz de instrução. Mas o senhor sabe como é. Estão jogando. Bisca! É sua vez, Pierre!... Alguém diz uma frase, um outro responde do balcão... Corta!... Distribui!... É sua vez, Marcel!... O dono também jogava. E havia um negro...

"– Quer beber alguma coisa? – perguntou-me um moreno alto, apontando uma cadeira perto dele.

"Eu não disse não. Ele me mostrou seu jogo.

"– Em todo caso – disse o tal que eles chamavam de Joseph –, acho perigoso se envolver com um tira. Amanhã haverá uma nova acareação com ele. É verdade que o sujeito tem uma cara de idiota...

"– Trunfo de copas!"

Fernande interrompeu-se.

– Toma uma taça de café?

O cheiro do café já se espalhava pelo apartamento.

– Eu não podia, o senhor compreende, começar a falar sobre Cageot. Disse apenas:

"– Vocês estão aqui todas as noites?

"– É o que parece, não? – respondeu meu vizinho.

"– E não ouviram nada, a noite passada?"

Maigret, que havia tirado o sobretudo e o chapéu, fechou um pouco a janela para diminuir o rumor que vinha da rua. Fernande prosseguiu.

– Ele respondeu, lançando-me um olhar ousado:

"– Você é uma libertina, não?

"Vi que ele se excitava. Enquanto jogava, passava a mão no meu joelho. E continuou:

"Nós aqui nunca ouvimos nada, compreende? Com exceção do Joseph, que viu o que devia ver...

"Nesse momento, eles se puseram a rir. O que eu podia fazer? Eu não ousava retirar minha perna.

"– Trunfo de espadas!

"– De qualquer jeito, ele é uma figura! – disse então Joseph, que bebia um grogue.

"Mas o que me acariciava pigarreou, antes de resmungar:

"– Eu preferia que ele visse os tiras com menos frequência, sacou?"

Maigret imaginava a cena. Quase poderia ter posto um nome sobre cada rosto. Que o dono da tabacaria tinha um prostíbulo em Avignon, ele sabia. E o moreno alto devia ser o proprietário do Cupidon, de Béziers, e de uma casa de Nîmes. Quanto ao negro, pertencia a uma banda de jazz dos arredores.

– Eles não citaram nomes? – perguntou Maigret a Fernande, que mexia o seu café.

– Nenhum nome. Por duas ou três vezes se referiram a um Notário. Pensei em Cageot, que tem, de fato, o aspecto de um notário que se deu mal.

"Mas espere, pois ainda não terminei! Deviam ser três horas. Ouvimos a porta corrediça sendo baixada no Floria. Meu vizinho, que não parava de passar a mão no meu joelho, começava a me irritar. Foi então que a porta se abriu e Cageot entrou, tocando com a mão a ponta do chapéu, mas sem abrir a boca.

"Ninguém levantou a cabeça. Percebi que todos olhavam para ele de olhos baixos. O dono da tabacaria precipitou-se para trás do balcão.

"– Veja seis charutos Voltigeur e uma caixa de suecos – disse o Notário.

"Joseph não se mexia. Contemplava o fundo do seu copo. Quanto a Cageot, ele acendeu um Voltigeur, pôs os outros no bolso do casaco procurou uma nota na carteira. E podia-se ouvir uma mosca voar.

"É preciso dizer que o silêncio não o incomodava. Ele se virou, olhou todo mundo tranquilamente e com frieza, depois tocou de novo a ponta do chapéu e partiu."

Enquanto Fernande molhava o pão com manteiga no café, o pijama dela se abriu e deixou à mostra os seios pequenos e pontudos.

Ela devia ter 27 ou 28 anos, mas o corpo era de uma mocinha com seios de um rosa pálido, recém-formados.

– Eles não disseram nada a seguir? – perguntou Maigret, apagando a chama do fogão onde uma chaleira d'água começava a chiar.

– Apenas trocaram olhares entre si. O dono retomou seu lugar, suspirando:

"– E aí?

"Joseph, que parecia constrangido, explicou:

"– Vejam, não é que ele seja orgulhoso!"

A Rue Blanche, naquela hora, era quase provinciana. Ouvia-se ressoar os passos de cavalos atrelados a uma pesada carroça de cervejeiro.

– Os outros riram – acrescentou Fernande. – O que me bolinava a perna falou:

"– Não é que ele seja orgulhoso, claro! Mas é bastante esperto para envolver todos nós. Eu disse que preferia que ele não fosse todos os dias ao Quai des Orfèvres!"

Fernande fizera seu relato com o cuidado de nada esquecer.

– Você voltou para casa em seguida?

– Não era possível.

Aquilo não pareceu agradar a Maigret.

– Mas eu não o trouxe para cá – ela se apressou a acrescentar. – Com essa gente é melhor não mostrar que se tem bibelôs em casa. Ele só me deixou partir às cinco horas.

Ela se levantou e foi respirar o ar fresco diante da janela.

– O que devo fazer agora?

Maigret andava de um lado a outro, com ar preocupado.

– Como se chama o seu michê?

– Eugène. No estojo de cigarros, há duas iniciais em dourado: E.B.

– Estaria disposta a voltar esta noite ao Tabac Fontaine?

– Se for necessário...

– Ocupe-se principalmente com o que se chama Joseph, o tal que alertou a polícia.

– Ele não prestou atenção em mim.

– Não estou pedindo isso. Escute bem tudo o que ele disser.

– Agora, se permite, preciso arrumar a casa – disse Fernande, amarrando um lenço sobre os cabelos.

Os dois se despediram com um aperto de mão. Ao descer a escada, Maigret não desconfiava de que, naquela mesma noite, haveria uma batida policial em Montmartre, que os agentes visariam em particular o Tabac Fontaine e que levariam Fernande à prisão provisória no Quai.

Mas Cageot sabia disso.

– Devo indicar-lhe uma meia dúzia de mulheres que trabalham sem autorização – ele dizia na mesma hora ao chefe da Brigada de Costumes.

Sobretudo Fernande, que seria levada presa num camburão!

CAPÍTULO IV

QUANDO BATERAM À PORTA, Maigret, que acabara de se barbear, limpava a navalha. Eram nove horas da manhã. Desde as oito ele estava acordado, mas, como lhe acontecia raramente, havia ficado um longo tempo na cama, a olhar os raios oblíquos do sol, a escutar os ruídos da cidade.

– Entre! – ele gritou.

E bebeu um gole de café frio que restava no fundo da xícara. Os passos de Philippe hesitaram no quarto e chegaram enfim ao banheiro.

– Bom dia, meu garoto.

– Bom dia, tio.

Apenas pela voz, Maigret compreendeu que as coisas não iam bem. Ele abotoou a camisa, levantou a cabeça para o sobrinho, que tinha as pálpebras vermelhas e os lados do nariz inchados como uma criança que chorou.

– O que aconteceu?

– Vou ser preso!

Philippe disse isso no mesmo tom, com a mesma atitude que teria anunciado:

– Vão me fuzilar daqui a cinco minutos.

Ao mesmo tempo, estendeu um jornal ao qual Maigret, continuando a se vestir, lançou os olhos.

Apesar dos desmentidos do inspetor Philippe Lauer, o juiz de instrução Gastambide teria decidido sua prisão provisória a partir desta manhã.

– O Excelsior publica minha foto na primeira página – acrescentou tragicamente Philippe.

O tio não disse nada. Não havia nada a dizer. Com os suspensórios sobre as coxas, os pés nus nas pantufas, ele caminhou pelo quarto, procurando o cachimbo, o tabaco e finalmente uma caixa de fósforos.

– Não foi até lá hoje de manhã?

– Estou vindo da Rue des Dames. Vi o jornal enquanto tomava meu café no Boulevard des Batignolles.

Era uma manhã única, de ar limpo e sol brilhante, e Paris fervilhava, alegre, como num balé agitado. Maigret entreabriu a janela, e o quarto foi invadido pela pulsação das ruas, enquanto o lento escoar do Sena resplandecia de luz.

– Então deve ir até lá, meu rapaz! O que quer que eu lhe diga?

Ele não queria sentir pena desse rapaz que havia trocado seu tranquilo vale dos Vosges pelos corredores da Polícia Judiciária.

– É claro que não será mimado como em casa!

A mãe dele era a irmã da sra. Maigret, isso dizia tudo. Sua casa não era uma casa, mas uma verdadeira incubadora: “Philippe vai chegar... Philippe estará com fome... Passaram as camisas de Philippe?...”.

Sem falar dos pratos especiais, doces e bebidas feitas em casa! E ramos de lavanda no guarda-roupa!

– Tem mais uma coisa – disse Philippe, enquanto o tio ajustava seu falso colarinho. – Esta noite fui ao Floria.

– Naturalmente!

– Por que naturalmente?

– Porque lhe recomendei que não fosse. Que besteira andou fazendo?

– Nenhuma. Conversei com aquela moça, Fernande. Ela me deu a entender que trabalhava com o senhor e que tinha não sei que missão a cumprir na tabacaria da esquina da Rue de Douai. Ao sair, maquinalmente a segui. Era o meu caminho. Então, quando chegou à tabacaria, ela foi abordada por inspetores dos Costumes que a fizeram entrar no camburão.

– Aposto que você interveio!

Philippe baixou a cabeça.

– O que eles responderam?

– Que sabiam bem o que estavam fazendo.

– Agora vá! – suspirou Maigret, que procurava a sua gravata. – Não se preocupe.

Pôs-lhe as mãos nos ombros, beijou-o nas duas faces e, para encerrar a cena, fingiu de repente estar muito ocupado. Só quando a porta se abriu e voltou a ser fechada é que ele levantou a cabeça, estirou as costas e resmungou sílabas confusas.

A primeira coisa que fez ao chegar à rua foi comprar o Excelsior numa banca e olhar a foto que aparecia, de fato, na primeira página com a legenda:

O inspetor Philippe Lauer, acusado de matar Pepito Palestrino, a quem fora encarregado de vigiar.

Maigret caminhava lentamente pela Pont-Neuf. Na noite anterior, ele não havia posto os pés no Floria, mas ficara rondando pela Rue des Batignolles, perto da casa de Cageot. Era um prédio de aluguel, de mais de cinquenta anos, como a maioria dos prédios do bairro, com corredor e escada mal-iluminados. Adivinhavam-se apartamentos tristes e sombrios, janelas com cortinas sujas, móveis cobertos de veludo gasto.

O apartamento de Cageot ficava na sobreloja. Estava vazio naquela hora, e Maigret penetrou no prédio como um conhecido do lugar, subiu até o quarto andar e tornou a descer.

Havia uma fechadura de segurança na porta de Cageot, caso contrário o comissário talvez tivesse tentado abri-la. Quando saiu do prédio, a zeladora, que tinha o rosto colado ao vidro da cabine, observou-o durante muito tempo.

O que podia ser feito? Maigret atravessou a pé o centro de Paris, com as mãos nos bolsos, ruminando as mesmas ideias.

Havia um grupo de contraventores, no Tabac Fontaine ou em outra parte, que fazia tranquilamente seus pequenos negócios à margem da lei. Pepito era um deles. Barnabé também.

E Cageot, que era o chefão, os eliminava ou mandava eliminá-los um depois do outro.

Simples acerto de contas! A polícia mal teria se ocupado disso se esse imbecil do Philippe...

Maigret chegava no Quai des Orfèvres. Dois inspetores que saíam o cumprimentaram sem ocultar o espanto. Ele atravessou o pórtico, o pátio, e entrou no prédio.

Lá em cima era a hora do relatório. No vasto corredor, uns cinquenta inspetores formavam grupos, discutiam em voz alta, transmitiam-se informações e fichas. Às vezes, a porta de uma sala se abria. Chamavam um nome e o interpelado se apresentava.

Quando Maigret apareceu, houve alguns segundos de silêncio e de constrangimento. Mas ele atravessou os grupos com tanta naturalidade que os inspetores, para disfarçar, logo retomaram suas conversas.

À direita, mobiliada de poltronas de veludo vermelho, ficava a sala de espera do diretor. Um único visitante esperava, sentado em um canto: era Philippe, que, com o queixo apoiado nas mãos, olhava fixamente para frente.

Maigret afastou-se na direção contrária, chegou ao fundo do corredor e bateu na última porta.

– Entre! – disse uma voz lá de dentro.

E todos o viram penetrar, com o chapéu na cabeça, na sala do comissário Amadieu.

– Bom dia, Maigret.

– Bom dia, Amadieu.

Cumprimentaram-se com a ponta dos dedos, como outrora, quando se viam todas as manhãs. Amadieu fez sinal a um inspetor para sair, depois murmurou:

– Quer falar comigo?

Com um movimento familiar, Maigret sentou-se na beirada da mesa, pegando uma caixa de fósforos para acender o cachimbo.

Seu colega havia recuado a cadeira e se inclinado para trás.

– Como vai a vida no campo?

– Tudo bem. E por aqui?

– Sempre a mesma coisa. Preciso ver o chefe dentro de cinco minutos.

Maigret fingiu não compreender o que isso queria dizer, desabotoou o sobretudo, sem se apressar. Estava ali como em sua casa e, de fato, aquela sala fora sua durante dez anos.

– Está aborrecido por conta do seu sobrinho? – atacou Amadieu, incapaz de ficar calado por mais tempo. – Devo lhe dizer que estou mais do que você. Foi em mim que passaram o sabão. E está sabendo que o caso repercutiu. O próprio ministro enviou uma nota ao chefe, de modo que agora nada mais tenho a dizer. É o juiz de instrução quem dirige tudo. Acho que já conheceu Gastambide no seu tempo, não?

A campainha do telefone tocou. Amadieu pôs o receptor no ouvido, murmurando:

– ...Sim, sr. diretor... Certo, sr. diretor... Dentro de alguns minutos... Neste momento não estou a sós... Sim, pode deixar...

Maigret conhecia o objetivo dessa conversa. No outro lado do corredor, acabavam de introduzir Philippe na sala do chefe.

– Tem algo a me perguntar? – disse Amadieu, levantando-se. – Você ouviu. O chefe me chama.

– Duas ou três perguntinhas. Em primeiro lugar, Cageot sabia que Pepito seria detido?

– Não sei. Aliás, não vejo a importância disso.

– Não é bem assim. Conheço Cageot. Sei o papel que ele desempenha na casa. Sei também que às vezes não se esconde o jogo aos informantes. Ele veio aqui dois ou três dias antes do crime?

– Sim, lembro que veio...

– Outra pergunta: conhece o endereço de Joseph Audiat, o garçom que passava na Rue Fontaine e esbarrou em Philippe?

– Ele dorme num hotel da Rue Lepic, se não me engano.

– Verificou bem o álibi de Cageot?

Amadieu fingiu sorrir.

– Escute, Maigret, conheço bem o meu ofício!

Mas ainda não havia terminado. Maigret observara em cima da mesa uma pasta de papelão amarelo, com o timbre da Brigada de Costumes.

– Já é o relatório sobre a detenção de Fernande Bosquet?

Amadieu olhou para outra parte, esteve a ponto de falar de maneira franca com seu interlocutor, mas, com a mão na maçaneta da porta, limitou-se a murmurar enfim:

– O que quer dizer?

– Quero dizer que Cageot fez a moça ser detida pelo serviço dos Costumes. Onde ela está neste momento?

– Não sei.

– Permite que eu dê uma espiada na pasta?

Era difícil recusar. Maigret inclinou-se, leu algumas linhas e concluiu:

– Neste momento, ela deve estar na antropometria...

A campainha do telefone tocou de novo. Amadieu fez um gesto.

– Desculpe, mas...

– Entendo. O chefe o espera.

Maigret abotoou o sobretudo e saiu da sala junto com o comissário. Em vez de se dirigir à escada, ele o acompanhou até a sala de espera das poltronas vermelhas.

– Faria o favor de perguntar ao chefe se ele pode me receber?

Amadieu empurrou uma porta acolchoada e, junto com o atendente, penetrou na sala do diretor da P.J., onde Philippe fora introduzido.

– O diretor está muito ocupado e pede-lhe para voltar à tarde – informou o atendente.

Maigret deu meia-volta e atravessou de novo os grupos de inspetores. Tinha as feições um pouco duras, mas procurava sorrir, um sorriso sem alegria.

Em vez de voltar à rua, embrenhou-se pelos corredores estreitos, pelas escadas tortuosas que davam acesso aos andares superiores do Palácio da Justiça. Chegou assim à sala da antropometria e empurrou a porta. A visita das mulheres havia terminado. Uns cinquenta homens, detidos durante a noite, despiam-se numa peça pintada de cinza e amontoavam suas roupas em cima de bancos.

Nus, eles entravam, um de cada vez, na peça vizinha onde funcionários de avental escuro tomavam suas impressões digitais, instalavam os indivíduos na cadeira antropométrica e apregoavam suas medidas, como vendedores de grandes magazines que anunciam um débito no caixa.

O lugar cheirava a suor e caspa. A maioria dos homens, aturdidos, mais ou menos atrapalhados em sua nudez, deixavam-se empurrar de um canto a outro, esboçavam os gestos que lhes ordenavam de maneira inábil, já que muitos ignoravam o francês.

Maigret, cordial, apertou a mão dos funcionários e ouviu as frases inevitáveis:

– Veio matar as saudades? E a vida no campo, como vai? Deve ser maravilhoso, com o tempo que está fazendo!

A lâmpada de neon iluminava cruamente uma pequena peça onde o fotógrafo operava.

– Muitas mulheres, hoje de manhã?

– Sete.

– Está com as fichas?

Elas estavam em cima de uma mesa, pois ainda não haviam sido classificadas. A terceira era a de Fernande, com a marca dos cinco dedos, uma assinatura canhestra e um retrato de um realismo terrível.

– Ela não disse nada? Não chorou?

– Não. Foi bastante dócil.

– Sabe para onde a levaram?

– Não sei se a soltaram ou se passará alguns dias no Saint-Lazare...

O olhar de Maigret vagava pelos homens nus que se mantinham em fila como na caserna. Levou a mão ao chapéu e falou:

– Até mais ver!

– Já vai?

Dirigiu-se à escada, onde não havia um degrau em que não tivesse pisado mais de mil vezes. Uma outra escada, à esquerda, mais estreita do que a primeira, conduzia ao laboratório, do qual até os menores cantos ele conhecia.

Voltou ao corredor do segundo andar, de onde o grupo de inspetores acabava de sair. Visitantes começavam a se instalar diante das portas, pessoas convocadas ou que vinham espontaneamente se queixar, ou então que tinham uma revelação a fazer.

Ele, Maigret, havia passado a maior parte da vida naquele ambiente, e eis que agora, de repente, olhava ao redor com uma espécie de náusea.

Philippe ainda estaria na sala do chefe? Provavelmente não. Neste momento, estaria detido, e dois de seus colegas o conduziam ao gabinete do juiz de instrução.

O que teriam dito a ele atrás da porta acolchoada? Teriam tido a franqueza de lhe falar claramente?

– Você cometeu uma imprudência. Há tantos indícios contra você, e o público não compreenderia se continuasse em liberdade. Mas vamos procurar descobrir a verdade. Você continua sendo um dos nossos.

Certamente não lhe teriam dito isso. Maigret acreditava ouvir o chefe – pouco à vontade, enquanto esperava Amadieu – resmungar entre dois pigarros:

– Inspetor, realmente não tenho motivos para estar satisfeito com você, que entrou aqui de maneira mais fácil do que qualquer outro, graças à proteção do seu tio. Mostrou-se digno desse favor?

E Amadieu reforçaria:

– A partir de agora, está nas mãos do juiz de instrução. Mesmo com a maior boa vontade do mundo, nada podemos fazer por você.

No entanto, esse Amadieu, com sua longa cabeça pálida e seus bigodes castanhos que passava o tempo a alisar, não era um mau sujeito. Tinha uma esposa, três filhos, entre os quais uma jovem em idade de casar. A vida inteira imaginou-se cercado de conspirações. Estava convencido de que todos queriam prejudicá-lo e tentavam comprometê-lo.

Quanto ao chefe superior, dentro de dois anos atingiria o limite de idade e até lá queria apenas evitar problemas.

O caso em questão era um caso vulgar de lenocínio, ou seja, trabalho do dia a dia. Alguém correria o risco de complicações acobertando um jovem inspetor que havia cometido um deslize e que, para piorar as coisas, era o sobrinho de Maigret?

Que Cageot era um crápula, todos sabiam. Ele próprio não escondia isso. Buscava tirar proveito de tudo. E, quando entregava alguém à polícia, é porque esse alguém lhe deixara de ser útil.

Só que Cageot era um crápula perigoso. Ele tinha amigos, relações. E sabia sobretudo se defender. Um dia o pegariam, é claro! Estavam de olho nele. Haviam inclusive verificado seu álibi, e o inquérito prosseguia honestamente.

Mas nada de exageros! E sobretudo Maigret não devia se meter, com sua mania de faltar às conveniências!

Ele havia chegado ao pequeno pátio pavimentado onde pessoas pobres esperavam diante do juizado de menores. Apesar do sol, fazia frio na sombra e, entre os paralelepípedos, havia restos de geada.

– Esse cretino do Philippe! – rosnou Maigret, irritado e nauseado.

Pois ele sabia perfeitamente que girava em círculos como um cavalo de circo. Não se tratava de ter uma ideia genial; em matéria de polícia, ideias geniais não servem para nada. Não se tratava tampouco de descobrir uma pista sensacional ou um indício que tivesse escapado a todos os olhares.

Era mais simples e mais brutal. Cageot matara ou mandara matar Pepito. Toda a questão era fazer Cageot dizer enfim:

– É verdade!

Maigret vagava agora pelas ruas, perto do Bateau-Lavoir; ele não tinha o direito de fazer Cageot comparecer a uma sala, de encerrá-lo lá durante algumas horas, nem de repetir-lhe cem vezes a mesma pergunta, de atormentá-lo, se necessário, para dobrar sua resistência.

Também não podia convocar o garçom, o dono da tabacaria, os outros que, à noite, jogavam bisca a cem metros do Floria.

Mal começara a servir-se de Fernande, e ela lhe fora literalmente confiscada.

Ao chegar ao Chope du Pont-Neuf, empurrou a porta envidraçada e apertou a mão de Lucas, que estava sentado junto ao balcão.

– Tudo bem, chefe?

Lucas continuava a chamá-lo de chefe, em lembrança do tempo em que trabalhavam juntos.

– Mal! – respondeu Maigret.

– É difícil, não é mesmo?

Não era difícil. Era uma tragédia sem nenhuma grandeza.

– Estou ficando velho. Será o efeito da vida no campo?

– O que vai beber?

– Um Pernod!

Disse isso como se tivesse lançado um desafio. Ele lembrou que prometera escrever à mulher e não tinha coragem de fazê-lo.

– Não posso ajudá-lo?

Lucas era um sujeito curioso, sempre malvestido, e feio ainda por cima, que não tinha nem mulher nem família. Maigret deixou seu olhar passear pela sala que começava a encher e precisou contrair as pálpebras quando se voltou para a vidraça inundada de sol.

– Você já trabalhou com Philippe?

– Duas ou três vezes.

– Ele é muito desagradável?

– Há quem não goste dele porque não fala muito. É um rapaz tímido. Eles o detiveram?

– À sua saúde!

Lucas inquietava-se de ver Maigret tão fechado.

– O que vai fazer, chefe?

– A você, eu posso dizer. Vou fazer tudo o que for preciso. Compreende? É melhor que alguém saiba. Assim, se acontecer alguma coisa...

Ele enxugou a boca com as costas da mão e bateu no balcão com uma moeda para chamar o garçom.

– Deixe, a rodada é minha!

– Tudo bem. Beberemos por minha conta quando tudo tiver terminado. Até breve, Lucas.

– Até breve, chefe.

A mão de Lucas demorou-se um segundo na mão rugosa de Maigret.

– Mas se cuide, certo?

E Maigret, de pé, pronunciou em voz alta:

– Tenho horror de gente covarde!

E afastou-se sozinho, a pé. Ele tinha tempo, já que não sabia mesmo aonde ir.

CAPÍTULO V

Quando Maigret empurrou a porta do Tabac Fontaine, por volta de uma e meia da tarde, o dono da tabacaria, que acabava de acordar, descia devagar uma escada de caracol nos fundos da sala.

Era mais baixo, mas tão corpulento como o comissário. Recém terminara de fazer a toalete; os cabelos estavam embebidos de água-de-colônia e havia restos de talco sob o lóbulo das orelhas. Não vestia casaco. A camisa era de um branco brilhante, ligeiramente engomada, presa no colarinho por um botão de pressão.

Ao chegar atrás do balcão, ele afastou o garçom com um gesto negligente de mão, pegou uma garrafa de vinho branco, um copo, misturou água mineral ao vinho e, com a cabeça inclinada para trás, fez um gargarejo.

Àquela hora havia apenas alguns fregueses de passagem que vinham beber às pressas um café. Maigret estava sentado sozinho junto à janela. Sem vê-lo, o patrão pôs um avental azul e virou-se para uma mulher loura que cuidava do caixa e da venda de tabaco.

Também não dirigiu palavras a ela, abriu a caixa registradora, consultou uma caderneta e, por fim, espreguiçou-se, definitivamente acordado. Sua jornada começava, e a primeira coisa que ele viu, ao fazer a inspeção do seu domínio, foi Maigret, que o observava placidamente.

Eles nunca haviam se encontrado. Mesmo assim, o patrão franziu as sobrancelhas, que eram espessas e negras. Via-se que vasculhava a memória, carrancudo, sem nada encontrar. Porém, o que ele não previa é que a presença do seu plácido cliente haveria de durar doze horas seguidas!

O primeiro cuidado de Maigret foi aproximar-se da moça do caixa e pedir:

– Tem uma ficha de telefone?

A cabine ficava num canto à direita do café. Era fechada por uma porta de vidro fosco, e Maigret, que sentia o patrão observando, acionou o aparelho com violência, dando vários golpes como quem quer obter linha, ao mesmo tempo em que, com um canivete na outra mão, cortava o fio na base da cabine, de tal modo que o telefone parecesse não estar funcionando.

– Alô!... Alô!... – ele gritava.

Saiu com a expressão de um homem irritado.

– Seu telefone não funciona?

O patrão olhou a moça do caixa, que se surpreendeu.

– Funcionava ainda há pouco, Lucien ligou para a padaria. Não foi, Lucien?

– Faz apenas uns quinze minutos – confirmou o garçom.

O patrão ainda não desconfiava de nada, mas mesmo assim observava Maigret discretamente. Ele entrou na cabine e tentou em vão obter linha durante alguns minutos, sem perceber o fio cortado.

Maigret, impassível, havia voltado ao seu lugar e pedido uma cerveja. Ele se abastecia de paciência. Sabia que teria de ficar várias horas sentado naquela mesma cadeira, diante da mesinha de falso mogno, diante do balcão e do caixa envidraçado onde a moça vendia tabaco e cigarros.

Ao sair da cabine, o patrão fechou a porta com um pontapé, caminhou até a entrada do café, aspirou por um momento o ar da rua. Estava muito próximo de Maigret, que não tirava os olhos dele. Sentindo enfim esse olhar pregado às suas costas, ele se virou vivamente.

O comissário não pestanejou. Como um freguês prestes a sair, ele havia conservado o sobretudo e o chapéu.

– Lucien! Vá ao lado telefonar para que venham consertar o aparelho.

O garçom saiu correndo, com o guardanapo na mão, e o próprio patrão serviu dois pedreiros que entravam, funambulescos, cobertos de uma camada quase regular de gesso.

As dúvidas estenderam-se por mais uns dez minutos. Quando Lucien anunciou que o técnico só viria no dia seguinte, o patrão virou-se de novo para Maigret e murmurou entre dentes:

– Sacana!

Aquilo podia aplicar-se ao técnico ausente, mas boa parte da injúria dirigia-se ao consumidor em quem o homem reconhecia, enfim, um policial.

Eram duas e meia, e esse foi o prólogo de uma comédia interminável que ninguém mais percebia. O patrão chamava-se Louis. Fregueses que o conheciam apertavam-lhe a mão, trocando algumas palavras com ele. Louis raramente servia. Na maior parte do tempo, mantinha-se recuado atrás do balcão, entre o garçom e a moça dos cigarros.

Por cima das cabeças, ele espiava Maigret. Assim como este, não parecia incomodado. A situação era um tanto cômica, pois ambos eram corpulentos, pesados, e jogavam para ver quem cometeria um erro.

Mas nenhum dos dois era bobo. Louis sabia muito bem o que fazia quando, de tempos em tempos, lançava um olhar através da porta envidraçada, com o temor de ver chegar certa pessoa.

Naquela hora, a Rue Fontaine tinha o movimento normal de uma rua qualquer de Paris. Diante do bar, havia uma mercearia italiana onde donas de casa dos arredores vinham fazer compras.

– Garçom! Um calvados.

A moça do caixa, loura e indolente, olhava Maigret com um espanto cada vez maior. O garçom também havia farejado alguma coisa, não sabia exatamente o quê, e às vezes dava uma piscadela em direção ao patrão.

Eram um pouco mais de três horas quando um carro grande estacionou junto à calçada. Um homem alto e moreno, ainda jovem, com uma cicatriz na face esquerda, desceu e entrou no bar, estendeu a mão por cima do balcão.

– Oi, Louis.

– Oi, Eugène.

Maigret via Louis de frente e o recém-chegado através do espelho.

– Uma aguardente de menta com água, Lucien. Rapidinho.

Era um dos jogadores de bisca, certamente o dono de uma casa de Béziers de quem Fernande falara. Usava camisa de seda e suas roupas eram bem cortadas. Também exalava um leve perfume.

– Você viu o...

Não continuou a frase. Louis fizera-lhe um sinal de que escutavam, e Eugène olhou para Maigret pelo espelho.

– Hum! Uma batida com gelo, Lucien.

Pegou um cigarro num estojo com iniciais e o acendeu com um isqueiro.

– Belo dia, hein?

Foi o patrão que falou, irônico, observando sempre Maigret.

– Sim, um belo dia. Mas há um cheiro esquisito no ar, não?

– Que cheiro?

– De queimado.

Os dois deram uma gargalhada, enquanto Maigret aspirava lentamente a fumaça do cachimbo.

– Logo mais? – perguntou Eugène, estendendo de novo a mão.

Ele queria saber se haveria um encontro, como de costume.

– Logo mais.

Essa conversa deixou Louis animado, pois ele pegou um pano sujo e aproximou-se de Maigret com um sorriso no canto dos lábios.

– Permite?

Enxugou a mesa de forma tão desastrada que derrubou o copo, cujo conteúdo escorreu sobre a calça do comissário.

– Lucien! Traga outro copo para este senhor.

E à guisa de desculpa:

– Este será por minha conta!

Maigret sorria de modo vago; ele também.

Às cinco horas foram acesas as lâmpadas, mas ainda havia claridade suficiente para distinguir os clientes no momento em que passavam pela calçada e estendiam a mão ao puxador da porta.

Quando Joseph Audiat entrou, Louis e Maigret olharam-se, como de comum acordo, e foi como se tivessem trocado longas confidências. Não havia necessidade de falar do Floria, nem de Pepito, nem de Cageot.

Maigret sabia, e o outro sabia que ele sabia.

– Oi, Louis!

Audiat era um homem baixo, todo vestido de preto, com o nariz ligeiramente torto e as pupilas muito móveis. Ao chegar ao balcão, estendeu a mão à moça do caixa, dizendo:

– Como vai, minha menina?

E ao garçom:

– Um Pernod, meu rapaz.

Falava muito. Tinha sempre o ar de um ator em representação. Contudo, Maigret não precisou observar por muito tempo para adivinhar sob essa aparência um fundo de inquietação. Aliás, Audiat tinha um tique.

Assim que o sorriso desaparecia dos lábios, ele o reconstituía maquinalmente, com certo esforço.

– Ninguém mais apareceu?

O bar estava vazio. Havia apenas dois clientes de pé junto ao balcão.

– Eugène esteve aqui.

O patrão recomeçou a cena que já havia representado, indicando Maigret a Audiat. Este, menos diplomático que Eugène, virou-se com um movimento vivo, olhou Maigret nos olhos e cuspiu no chão.

– E afora isso? – ele disse então.

– Nada. E você, ganhou?

– Quê! Passaram-me uma informação errada. Na terceira eu tinha chances, e o cavalo falhou na largada. Dê-me um maço de Gauloises, menina.

Ele não conseguia ficar quieto; passava uma perna sobre a outra, agitava os braços, a cabeça.

– Posso telefonar?

Novo olhar de Louis a Maigret.

– Impossível. O senhor ali demoliu o aparelho.

A guerra estava declarada. Audiat não estava tranquilo. Tinha medo de cometer uma gafe, pois ignorava o que acontecera antes de sua chegada.

– A gente se vê mais tarde?

– Como de hábito!

Audiat bebeu seu Pernod e foi embora. Quanto a Louis, ele se instalou na mesa vizinha à de Maigret, onde lhe foi servida uma comida quente que o garçom havia preparado na cozinha.

– Garçom! – chamou o comissário.

– Deu nove francos e setenta e cinco...

– Traga-me dois sanduíches de presunto e uma cerveja.

Louis comia chucrute com dois salsichões.

– Ainda temos presunto, sr. Louis?

– Deve haver um pedaço velho na geladeira.

Ele comia ruidosamente, exagerando a vulgaridade dos seus gestos. A Maigret foram servidos dois sanduíches secos e murchos, mas ele fingiu não perceber.

– Garçom! Mostarda...

– Não temos.

As duas horas seguintes passaram mais depressa, porque o bar foi invadido por passantes que vinham tomar um aperitivo. O patrão mesmo pôs-se a servir. A porta não parava de ser aberta e fechada, lançando a cada vez uma corrente de ar frio em Maigret.

Começava a gelar. Durante algum tempo, os bondes passaram lotados, com gente empoleirada nos estribos. Depois, aos poucos, a rua se esvaziou. Ao rumor das sete horas sucedeu uma calma inesperada, que prenunciava a agitação muito diferente da noite.

A hora mais penosa foi das oito às nove. Não havia mais ninguém. O garçom agora fazia sua refeição. A moça do caixa fora substituída por uma mulher de uns quarenta anos que começou por separar e empilhar todas as moedas da caixa registradora. Louis subira até seu quarto e, quando voltou, usava gravata e havia posto um casaco.

Joseph Audiat foi o primeiro a chegar, alguns minutos depois das nove. Procurou Maigret com o olhar e dirigiu-se a Louis.

– Tudo em ordem?

– Tudo. Não há motivo para que não esteja, não é verdade?

Mas Louis havia perdido a animação da tarde. Fatigado, não olhava mais Maigret com a mesma segurança. E não estava o próprio Maigret invadido por um certo cansaço? Ele bebera de tudo: cerveja, café, conhaque, água mineral. Sete ou oito pires amontoavam-se sobre a mesinha e ele ainda haveria de beber mais.

– Aí estão eles! Eugène e seu amigo.

O carro azul-claro havia estacionado de novo junto à calçada e dois homens entraram, primeiro Eugène, vestido como de tarde, depois um homem mais jovem, um pouco tímido, que sorria para todo mundo.

– E o Oscar?

– Certamente virá.

Eugène piscou um olho para Maigret, aproximou duas mesinhas e pegou ele mesmo uma toalha de feltro vermelho e as cartas numa estante.

– Começamos?

Cada um representava a comédia. Mas eram Eugène e o patrão que conduziam a cena, principalmente Eugène, que chegava bem-disposto ao combate. Ele tinha dentes bonitos, uma jovialidade que não era fingida, e as mulheres deviam ser loucas por ele.

– Hoje à noite, pelo menos, veremos melhor! – ele disse.

– Por quê? – perguntou Audiat, que a partir de então se mostraria mais lento que os outros.

– Porque temos uma vela enorme, ora!

A vela era Maigret, que fumava seu cachimbo a menos de um metro dos jogadores.

Louis, com um gesto ritual, trouxe a lousa e o giz. Ele é que tinha o hábito de marcar. Traçou as colunas e as iniciais dos parceiros.

– O que vão tomar? – perguntou o garçom.

Eugène contraiu os olhos, olhou o copo de calvados de Maigret e respondeu:

– O mesmo que este senhor!

– Um refresco de morango! – disse Audiat, parecendo pouco à vontade.

O quarto homem tinha sotaque marselhês e devia estar em Paris havia pouco tempo. Calcava sua atitude na de Eugène, por quem parecia ter uma grande admiração.

– A temporada de caça está aberta, não é, Louis?

Dessa vez, o próprio Louis não compreendeu.

– E eu sei lá? Por que pergunta isso?

– Porque pensei em coelhos.

Era ainda a Maigret que se dirigia a frase. A explicação veio em seguida, enquanto as cartas eram distribuídas e cada um as dispunha em leque na mão esquerda.

– Há pouco fui ver o homem.

O que, traduzido, significava:

– Fui avisar Cageot.

Audiat levantou a cabeça com atenção.

– O que ele disse?

Louis franziu as sobrancelhas, sem dúvida achando que estavam indo longe demais.

– Está se divertindo à beça! Parece que conhece bem o terreno e que prepara uma pequena festa.

– Trunfo de ouros... Que tal?

Sentia-se que Eugène, muito excitado, não pensava no jogo, mas ruminava novas tiradas.

– As pessoas de Paris – ele murmurou de repente – vão passar suas férias no campo, no Loire, por exemplo. E o engraçado é que o pessoal do Loire vem passar férias em Paris.

Era isso, enfim! Ele não resistia ao desejo de fazer saber a Maigret que estava a par de tudo. E este continuava a fumar seu cachimbo, aquecendo o calvados entre as mãos antes de beber um gole.

– Preste atenção no jogo – retorquiu Louis, que de vez em quando olhava a porta com inquietação.

– Trunfo!

Entrou um personagem que tinha a aparência de um pequeno feirante de Montmartre. Sem dizer nada, sentou-se entre Eugène e seu companheiro marselhês, um pouco recuado, e, sempre em silêncio, apertou a mão de cada um.

– Tudo certo? – perguntou Louis.

O recém-chegado abriu a boca, mas saiu apenas um filete de voz. Era afônico.

– Tudo certo!

– Sacou? – berrou-lhe Eugène ao ouvido, o que indicava que o homem era, ainda por cima, surdo.

– Sacou o quê? – disse a voz franzina.

Alguém deve ter chutado seu pé debaixo da mesa. O olhar do surdo finalmente atingiu Maigret, detendo-se por um bom momento. Ele esboçou um sorriso.

– Compreendi...

– Trunfo de paus... Eu passo...

A movimentação retornara à Rue Fontaine. Os letreiros luminosos acendiam-se enquanto os porteiros se posicionavam nas calçadas. O do Floria veio buscar cigarros sem que se ocupassem dele.

– Trunfo de copas...

Maigret sentia calor. Todo o seu corpo estava entorpecido, mas ele nada deixava transparecer, e a expressão do seu rosto continuava a mesma de quando, à uma e meia da tarde, montara sentinela.

– Diga lá! – lançou Eugène a seu vizinho que ouvia mal e que Maigret reconheceu como o cafetão de um prostíbulo da Rue de Provence. – Como você chama um serralheiro que não conserta mais fechaduras?

O cômico dessa conversa é que Eugène precisava gritar, enquanto o outro respondia com uma voz angelical:

– Um serralheiro que...? Não sei...

– Eu o chamo de inútil.

Ele jogou, recolheu as cartas e jogou outra vez:

– E um tira que não é mais tira?

O vizinho havia compreendido. Seu rosto se iluminou de alegria e sua voz foi mais franzina do que nunca ao articular:

– Um inútil!

Todos caíram na gargalhada, inclusive Audiat, cuja risada foi breve. Algo o impedia de participar da alegria geral. Parecia inquieto, apesar da presença dos amigos. E Maigret não era a única causa disso.

– Léon! – ele gritou ao garçom da noite. – Uma aguardente com água!

– Vai beber aguardente agora?

Eugène havia notado que Audiat se retraía e o observava com severidade.

– É melhor não exagerar.

– Exagerar o quê?

– Quantos Pernods já tomou antes do jantar?

– Vá se catar! – replicou Audiat, ofendido.

– Calma, rapazes – interveio Louis. – Trunfo de paus!

À meia-noite, a alegria do grupo era mais fingida. Maigret continuava imóvel, de sobretudo, com o cachimbo nos dentes. Parecia fazer parte do mobiliário ou da parede. Apenas seu olhar se mexia, indo lentamente de um a outro dos jogadores.

Audiat fora o primeiro a se agitar, mas o surdo não tardou a manifestar certa impaciência e acabou por se levantar.

– Preciso ir a um enterro amanhã. Está na hora de eu me deitar.

– Vá embora e morra! – disse Eugène a meia-voz, certo de não ser ouvido.

Disse aquilo como teria dito outra coisa para não perder o costume.

– Bisca! Trunfo e trunfo outra vez... Passem suas cartas!

Audiat, apesar dos olhares que lhe lançavam, bebera três doses de aguardente e tinha as feições rígidas. Estava pálido, com gotas de suor na testa.

– Aonde você vai?

– Estou indo também – ele respondeu, levantando-se.

Via-se que estava com enjoo. Bebera a terceira dose para se reabilitar, mas ela o derrubara. Louis e Eugène olharam-se.

– Está parecendo um guardanapo – disse finalmente este último.

Era pouco mais de uma hora. Maigret contou suas moedas, que pôs em cima da mesinha. Eugène levou Audiat até um canto e então lhe falou em voz baixa, mas com veemência. Audiat resistia, mas acabou por deixar-se convencer.

– Até amanhã! – ele disse, colocando a mão na maçaneta da porta.

– Garçom! Quanto é?

Enquanto o garçom recolhia as moedas, Maigret abotoou o sobretudo, encheu um novo cachimbo e foi acendê-lo num bico de gás que ficava perto do balcão.

– Boa noite, senhores.

E saiu, orientando-se pelo ruído dos passos de Audiat. Eugène, por sua vez, foi até a parte de trás do balcão, como para dizer alguma coisa a Louis. Este, tendo compreendido, abriu discretamente uma gaveta. Eugène enfiou a mão, colocou-a a seguir no bolso e dirigiu-se à porta em companhia do marselhês.

– Até daqui a pouco! – falou no momento de sair à rua.

CAPÍTULO VI

NA RUE FONTAINE HAVIA as luzes das casas noturnas, os porteiros, os motoristas dos carros que estacionavam. Foi só depois da Place Blanche, quando eles pegaram à direita o Boulevard Rochechouart, que se desenhou a situação.

Joseph Audiat caminhava à frente, com um passo irregular, febril, sem nunca se virar.

Vinte metros atrás dele, Maigret, enorme, com as mãos nos bolsos, dava grandes e calmas passadas.

No silêncio da noite, os passos de Audiat e de Maigret se respondiam: os de Audiat mais rápidos; os de Maigret mais graves e poderosos.

Atrás deles, enfim, vinha o ronco do carro que Eugène dirigia, acompanhado do marselhês. Ele o conduzia lentamente, costeando a beira da calçada e tentando também conservar uma distância. Às vezes, precisava mudar de velocidade para manter a marcha. Em alguns momentos, fazia o carro avançar bruscamente alguns metros para depois esperar que os dois homens retomassem a dianteira.

Maigret não precisou se virar. Ele havia compreendido. Sabia que o carro azul-claro estava ali e adivinhava os rostos atrás do para-brisa.

Era clássico. Ele seguia Audiat porque tinha a impressão de que ele se deixaria intimidar mais facilmente do que os outros. Estes, sabendo disso, seguiam Maigret.

No começo Maigret, esboçou um vago sorriso.

Mas depois não sorriu mais. Começou mesmo a se preocupar. O garçom não se dirigia para a Rue Lepic, onde morava, nem para o centro da cidade. Continuava seguindo a avenida por cima da qual passava agora a linha do metrô e, sem se deter na estação Barbès, tomou o caminho de La Chapelle.

Era pouco provável que tivesse algo a fazer nesse bairro àquela hora. A explicação se impunha. De consenso com os dois homens do carro, Audiat arrastava o comissário para lugares cada vez mais desertos.

Agora só de vez em quando era possível ver a silhueta de uma mulher escondida na sombra, ou a forma hesitante de algum africano do Norte indo de uma à outra antes de fazer sua escolha.

Mas o temor não veio de imediato. Maigret continuava calmo, fumando devagar o cachimbo, escutando seus passos regulares como um metrônomo.

Eles passaram por cima das ferrovias da Gare du Nord, que podia ser vista ao longe com suas plataformas vazias e seu relógio iluminado. Eram duas e meia da madrugada. O carro continuava roncando, atrás, quando de repente se ouviu, sem razão, uma breve buzinada. Audiat pôs-se então a andar mais depressa, tão depressa que parecia se controlar para não correr.

Sem razão aparente, também, ele atravessou a rua. Maigret fez o mesmo. Por um instante ficou de perfil, avistou o carro, e foi nesse momento que teve uma vaga suspeita do que se preparava.

A linha elevada do metrô tornava a avenida mais escura do que qualquer outro canto de Paris. Uma patrulha de gendarmes de bicicleta passou; um dos agentes se virou para o carro, não viu nada de anormal e desapareceu com os colegas.

O ritmo se acelerava. Tendo percorrido cem metros, o garçom cruzou de novo a rua, mas dessa vez não pôde manter o sangue-frio e andou alguns passos correndo. Maigret, que se imobilizara e vira o carro pronto para acelerar, havia compreendido tudo. Um pouco de suor escorria em suas têmporas. Por sorte, ele havia escapado de um atropelamento.

Era evidente! Audiat fora encarregado de arrastá-lo por ruas desertas e ali, quando Maigret estivesse no meio da pista, o carro se lançaria para atingi-lo.

De um momento para outro, tornava-se alucinante observar o carro luxuoso e macio que avançava roncando e pensar nos seus dois ocupantes, sobretudo em Eugène, o homem de dentes bonitos e sorriso de garoto mimado que, com as mãos no volante, esperava o momento propício.

Poderiam falar de crime? Maigret corria o risco de ter uma das mortes mais estúpidas e ignóbeis: a queda brutal no calçamento, feridas por todo o corpo e, quem sabe, talvez horas a agonizar sem que viessem socorrê-lo.

Era tarde demais para dar meia-volta e, aliás, ele não queria fazer isso. Não contava mais com Audiat, não esperava alcançá-lo, mas seguia obstinado em seu encalço. Era uma questão de prestígio para com ele mesmo.

Sua única precaução foi pegar o revólver no bolso da calça e carregá-lo.

Em seguida, caminhou um pouco mais depressa. Em vez de manter a distância de vinte metros, aproximou-se tanto de Audiat que este achou que ele ia detê-lo e, por isso, apressou o passo. Durante alguns segundos, a situação foi cômica, e os dois homens do carro devem ter percebido, pois se aproximaram um pouco mais.

As árvores da avenida e os pilares do metrô desfilavam. Audiat tinha medo, medo de Maigret e também dos seus cúmplices. Quando uma nova buzinada ordenou-lhe para atravessar a rua, ele ficou parado, ofegante, à beira da calçada.

Maigret, que tinha decidido andar muito perto dele, viu os faróis do carro, o chapéu do garçom, seus olhos inquietos.

Ia atravessar a rua, acompanhar os passos do seu companheiro, quando teve uma intuição. Talvez Audiat também a tivesse tido, mas para ele foi tarde demais. Já havia começado o movimento para frente, avançado um metro, dois metros...

Maigret abriu a boca para gritar. Ele compreendeu que os dois homens, no carro, cansados dessa perseguição infrutífera, haviam decidido acelerar, mesmo com o risco de atropelar seu companheiro junto com o policial.

Não houve grito. Apenas uma trepidação no ar, o ruído do motor acelerado ao máximo. E um choque indistinto, talvez um gemido confuso.

As lanternas vermelhas do carro já se afastavam, desaparecendo numa rua transversal. No chão, o homenzinho de terno preto fazia um esforço para se levantar sobre as mãos e fitava Maigret com olhos esgazeados.

Parecia o olhar de um louco ou de uma criança. O rosto estava manchado de poeira e sangue. O nariz parecia achatado, o que lhe alterava totalmente a forma do rosto.

Acabou por sentar-se e ergueu uma mão frouxa, como em sonho, levou-a até a testa e esboçou um esgar que se assemelhava a um sorriso.

Maigret levantou-o, levou-o até a beira da calçada e foi recolher o chapéu que havia ficado no meio da pista. Ele também levou alguns instantes para recuperar o equilíbrio, embora não tivesse sido atingido.

Não havia um passante sequer. Um táxi apareceu ao longe, mas tomou a direção da estação Barbès.

– Escapou de uma boa! – rosnou o comissário, inclinando-se sobre o ferido.

Com os dois polegares, apalpou-lhe a cabeça lentamente para saber se havia fratura do crânio. Fez com que ele esticasse as duas pernas, uma após a outra, pois a calça estava rasgada, ou melhor, fora arrancada à altura do joelho, e Maigret entreviu um ferimento mais grave.

Audiat parecia ter pedido não só o uso da palavra, mas também da razão. Abria e fechava a boca sem motivo, como para expelir um gosto ruim.

Maigret ergueu a cabeça ao ouvir um ruído de motor. Ele tinha certeza de que era o carro de Eugène que passava numa rua paralela. Depois o ruído se aproximou e atravessou a avenida a apenas cem metros dos dois homens.

Eles não podiam ficar ali. Eugène e o marselhês não iriam embora, queriam saber o que aconteceria. Deram mais uma volta nas ruas adjacentes, e o ronco do motor continuou a se ouvir na calma da noite. Então entraram de novo na avenida e passaram a somente alguns metros de Audiat. Maigret reteve a respiração, à espera de tiros.

– Eles vão voltar – pensou. – E desta vez...

Levantou seu companheiro, atravessou a rua e colocou Audiat à sombra de um muro, atrás de uma árvore.

O carro realmente tornou a passar. Eugène não viu mais os dois homens e parou o carro cem metros adiante. Deve ter havido uma breve discussão entre ele e o marselhês, e o resultado foi o abandono da perseguição.

Audiat gemia, agitava-se, e um lampião de gás iluminava uma grande mancha de sangue no meio da rua, no lugar onde havia caído.

Só restava esperar. Maigret não ousava abandonar o ferido para ir procurar um táxi. Também não queria tocar na campainha de uma casa e provocar um ajuntamento. Esperou uns dez minutos. Passou um argelino, meio bêbado, e o comissário explicou-lhe, não sem dificuldade, que precisava de um táxi.

Fazia frio. O céu tinha o mesmo aspecto cristalino que a noite de partida de Meung. Às vezes, um trem de carga apitava do lado da Gare du Nord.

– Está doendo! – disse enfim Audiat, com uma voz dolente.

E levantou os olhos a Maigret como se esperasse dele um remédio para o seu sofrimento.

Por sorte, o argelino cumpriu sua tarefa e logo apareceu um táxi, cujo motorista logo perguntou com prudência:

– Tem certeza de que foi um acidente?

Ele não se decidia a descer do carro e a ajudar Maigret.

– Se não está seguro, leve-nos até a polícia – este replicou.

O motorista deixou-se convencer e quinze minutos depois estacionava em frente ao Hotel des Quais, onde Maigret se hospedava.

Audiat, que não fechara os olhos, observava as pessoas e as coisas com uma doçura tão inefável que chegava a ser cômico. O porteiro do hotel enganou-se.

– Parece que seu amigo está bêbado.

– Estava um pouco bêbado. Um carro o derrubou.

O garçom foi levado até o quarto. Maigret pediu rum e mandou trazer toalhas de rosto. Quanto ao resto, não havia necessidade de mais ninguém. Enquanto as pessoas dormiam nos quartos vizinhos, ele, sem ruído, tirou os sapatos, o casaco, e arregaçou as mangas da camisa.

Meia hora mais tarde, continuava a ocupar-se do corpo de Audiat estendido no leito, magro e nu, ainda com a marca do prendedor de meias nas panturrilhas. O ferimento mais grave era o do joelho. Maigret o desinfetou e limpou. Também cuidou de alguns arranhões de menor importância e, por fim, fez o ferido beber um copo de rum.

O aquecedor estava ligado. As cortinas não haviam sido fechadas e via-se a lua em um trecho de céu.

– Veja o que fizeram seus amigos! – suspirou de repente o comissário.

Audiat apontou o casaco e pediu um cigarro.

– O que me intriga é que você não parecia tranquilo. Adivinhava que eles queriam pegá-lo também.

Com o olhar mais firme, o garçom observava Maigret de modo desconfiado. Quando abriu a boca, foi para perguntar:

– Por que isso lhe interessa?

– Não se agite. Ainda não está com a cabeça muito firme. Vou lhe dizer qual é o meu interesse nisso. Um criminoso, que você conhece, matou Pepito, na certa por temer que ele abrisse a boca sobre o caso Barnabé. O criminoso em questão, por volta das duas da madrugada, foi procurá-lo no Tabac Fontaine.

Audiat franziu as sobrancelhas e olhou para a parede.

– Procure lembrar! Cageot o chamou na rua, pediu que fosse dar um esbarrão num sujeito que sairia do Floria dali a pouco, de modo que, com seu testemunho, esse sujeito fosse acusado. Digamos que ele é alguém da minha família...

Com o rosto no travesseiro, Audiat murmurou:

– Não conte comigo!

Eram cerca de quatro horas. Maigret sentou-se perto da cama, serviu-se uma dose de rum e encheu um cachimbo.

– Temos tempo para conversar – ele disse. – Examinei sua ficha. Você tem apenas quatro condenações, e elas não são graves: furto, vigarice, cumplicidade no assalto a uma casa de campo...

O outro fingia dormir.

– Só que, se contei bem, mais uma condenação significa o desterro. O que acha disso?

– Deixe-me dormir.

– Não estou impedindo você de dormir. Mas não me impedirá de falar. Sei que seus amigos ainda não foram pegos. A esta hora, estão dando um jeito para que amanhã, se eu indicar a placa do carro deles, um garagista afirme que o carro não saiu durante a noite.

Um sorriso bobo estirava os lábios inchados de Audiat.

– Mas saiba de uma coisa: pegarei Cageot! Sempre que eu quis pegar alguém, consegui. E, no dia em que o Notário estiver na prisão, você também estará e será tarde para espernear...

Às cinco horas, Maigret já tinha bebido dois copos de rum e o quarto estava azulado de fumaça de cachimbo. Audiat havia se virado e revirado tanto na cama que acabou por sentar-se, com as maçãs do rosto vermelhas, os olhos brilhantes.

– Foi Cageot quem decidiu o golpe desta noite? É provável, não? Eugène não teria feito isso sozinho. Se for assim, deve ter percebido que seu chefe não se incomodará de se livrar de você.

Um hóspede, despertado pelo solilóquio monótono de Maigret, bateu com o pé no chão. O comissário havia retirado o colete por causa do calor.

– Me dê mais um rum.

Só havia um copo, um copo para água, e os dois homens beberam nele alternadamente, sem se preocuparem muito com a quantidade de álcool que ingeriam. Maigret voltava sempre à mesma ideia.

– Não lhe peço muita coisa. Confesse apenas que, logo após a morte de Pepito, Cageot foi procurá-lo no bar.

– Eu não sabia que Pepito havia morrido.

– Exatamente. Portanto, você estava no Tabac Fontaine, como hoje, com Eugène e certamente o pequeno cafetão surdo também. Cageot entrou?

– Não.

– Então bateu na vidraça. Vocês devem ter combinado um sinal.

– Não direi nada.

Às seis horas, o céu começou a clarear. Bondes passaram na rua e um rebocador lançou um apito dilacerante, como se durante a noite tivesse perdido suas barcaças.

Maigret estava com a pele quase tão rosada quanto Audiat e com olhos brilhantes. A garrafa de rum se esvaziara.

– Vou lhe dizer, como amigo, o que acontecerá, agora que eles sabem que veio aqui e que conversamos. Assim que puderem, voltarão à carga e dessa vez não falharão. Que risco você corre, se falar? A fim de protegê-lo, deixaremos você na prisão por alguns dias. Quando todo o bando estiver preso, será solto, e a história acabou.

Audiat estava atento. A prova de que a ideia não o desagradava em princípio é que murmurou como para si mesmo:

– No estado em que estou, tenho o direito de ir para a enfermaria.

– É evidente. E você conhece a enfermaria de Fresnes. É até melhor do que o hospital.

– Pode ver se o meu joelho não inchou?

Dócil, Maigret desfez a atadura. O joelho realmente havia inchado, e Audiat, que tinha muito medo de uma infecção, o apalpou com angústia.

– Acha que terão de cortar minha perna?

– Aposto que dentro de quinze dias estará curado. Teve um derramamento do líquido sinovial.

– Ah!

Ele olhou o teto e permaneceu assim por alguns minutos. Um despertador soou num dos quartos. Os passos abafados dos camareiros que iniciavam seu serviço percorreram os corredores; depois começou o ruído de uma escova lustrando sapatos.

– Decidiu?

– Não sei.

– Prefere ir ao tribunal com Cageot?

– Gostaria de beber água.

Ele fazia isso de propósito. Não sorria, mas dava para notar sua alegria de se fazer servir.

– A água está morna.

Maigret não protestava. Com os suspensórios na cintura, fazia tudo o que o ferido lhe pedia. O horizonte começava a ficar rosado e um raio de sol lambeu a vidraça.

– Quem cuida do inquérito?

– O comissário Amadieu e o juiz Gastambide.

– São caras legais?

– Não podiam ser melhores.

– Confesse que por pouco não morri! Como é que fui derrubado?

– Pela lateral esquerda do carro.

– Era o Eugène que dirigia?

– Sim. O marselhês estava ao lado. Quem é ele?

– Um rapaz que chegou há uns três meses. Estava em Barcelona, mas parece que lá não há o que fazer.

– Escute, Audiat. Não vale a pena continuar brincando por mais tempo de esconde-esconde. Vou chamar um táxi. Nós dois iremos ao Quai des Orfèvres. Às oito horas, Amadieu chegará e você lhe contará o que sabe.

Maigret bocejava, fatigado a ponto de mal conseguir articular algumas palavras.

– Não responde?

– Vamos nessa.

Em alguns minutos, Maigret tomou banho, penteou-se e mandou subir dois cafés da manhã.

– Veja, na situação em que se encontra, só há um lugar onde ficará tranquilo. É na prisão.

– Amadieu não é um sujeito alto, pálido, de bigodes compridos?

– Sim.

– Ele não me diz nada!

O sol nascente fez Maigret pensar na pequena casa do Loire e nas linhas de pesca que esperavam no fundo do barco. Talvez fosse um efeito do cansaço, mas por um instante esteve a ponto de largar tudo. Olhou Audiat com um olhar estranho, como se tivesse esquecido o que fazia ali, e passou a mão nos cabelos.

– Como vou me vestir? Minha calça está rasgada.

Foi chamado um camareiro, que aceitou ceder uma calça velha. Audiat mancava, gemia, apoiava todo o seu peso no braço do companheiro. Eles atravessaram a Pont-Neuf de táxi, e era já um alívio respirar o ar limpo da manhã. Um camburão vazio saía da prisão provisória, onde havia deixado uma leva de prisioneiros.

– Acha que é capaz de subir a escada?

– Talvez sim. De todo modo, não quero maca!

Finalmente chegaram. Maigret tinha o peito oprimido de impaciência. O táxi parou na entrada do Quai. Antes de fazer Audiat sair do carro, ele pagou a corrida e chamou o sentinela uniformizado para pedir ajuda.

O sentinela conversava com um homem que estava de costas para a rua e que, ao ouvir a voz do comissário, deu meia-volta. Era Cageot, de sobretudo escuro, com as faces cinzentas de uma barba de dois dias. Audiat só o viu ao sair do táxi, quando Cageot, sem sequer olhar para ele, retomou a conversa com o sentinela.

Não houve nenhuma troca de palavras. Maigret sustentava o garçom, que fingia estar muito mais estropiado do que realmente estava.

Tendo atravessado o pátio, Audiat deixou-se levar até o alto da escada, como um homem exausto. Então, levantando os olhos, zombou:

– Enganei você, não é mesmo? Nada tenho a dizer, não sei de nada. Mas eu não queria ficar no seu quarto. Então não o conheço? Será que não foi você mesmo que me empurrou de encontro ao carro?

O punho de Maigret estava cerrado, duro como pedra, mas continuou enfiado no bolso do sobretudo.

CAPÍTULO VII

Eugène foi o primeiro a chegar, um pouco antes das onze. Embora ainda não fosse primavera, ele havia posto uma roupa de acordo com a vivacidade do sol. Vestia um terno de algodão cinza-claro, tão maleável que a cada movimento o tecido desenhava-lhe as formas do corpo. O chapéu era do mesmo cinza, e os sapatos, de camurça. Quando empurrou a porta envidraçada da Polícia Judiciária, um leve perfume penetrou com ele no corredor.

Não era a primeira vez que ele vinha ao Quai des Orfèvres. Olhava à esquerda e à direita como quem conhece o lugar, sem parar de fumar seu cigarro com piteira dourada. A hora do relatório havia terminado. Diante das salas dos comissários, pessoas esperavam com um ar aborrecido.

Eugène aproximou-se do funcionário da recepção, que ele cumprimentou levando um dedo ao chapéu.

– Escute, meu velho, o comissário Amadieu está me esperando.

– Sente-se.

Ele se sentou com desembaraço, cruzou as pernas, acendeu um novo cigarro e abriu o jornal na página do turfe. Seu carro azul-claro parecia se espichar diante do pórtico de entrada. Maigret, que o havia visto de uma janela, desceu à rua para observar a lateral esquerda, mas ela não mostrava nenhum arranhão.

Algumas horas mais cedo, ele havia entrado na sala de Amadieu, com o chapéu na cabeça e o olhar desconfiado.

– Eu trouxe um homem que sabe da verdade.

– Isso é com o juiz de instrução – respondera Amadieu, continuando a folhear relatórios.

Maigret fora então bater à porta do chefe superior, onde compreendera à primeira vista que sua visita não era desejada.

– Bom dia, sr. diretor.

– Bom dia, Maigret.

Ambos estavam aborrecidos e não tinham necessidade de falar muito para se compreender.

– Sr. diretor, trabalhei a noite toda e venho lhe pedir para que três ou quatro indivíduos sejam interrogados aqui.

– Esse caso é do juiz – objetou o diretor da P.J.

– O juiz não vai tirar nada desses sujeitos. O senhor me entende.

Maigret sabia que aborrecia todo mundo e que gostariam de mandá-lo às favas, mas mesmo assim se obstinava. Por algum tempo, sua enorme silhueta tapou o horizonte do chefe, que aos poucos foi cedendo e deu alguns telefonemas internos.

– Venha até aqui um instante, Amadieu.

– Estou indo, sr. diretor.

Às nove horas, Amadieu havia se resignado a ir até o gabinete do sr. Gastambide pelos corredores do Palácio. Quando voltou, vinte minutos mais tarde, trazia no bolso as intimações necessárias para interrogar Cageot, Audiat, o dono do Tabac Fontaine, Eugène, o marselhês e o homenzinho surdo.

Audiat já estava presente. Maigret o obrigara a subir, e ele estava no fundo do corredor, de onde observava com mau humor as idas e vindas dos policiais.

Às nove e meia, cinco inspetores partiram em busca dos outros, enquanto Maigret, caindo de sono, vagava pela casa da qual não fazia mais parte, empurrando às vezes uma porta, apertando a mão de um ex-colega, esvaziando o cachimbo nas escarradeiras.

– Tudo bem?

– Tudo bem – ele respondia.

– Sabe que eles estão furiosos? – soprou-lhe Lucas.

– Quem?

– Amadieu... o chefe...

E Maigret continuava a esperar, embebendo-se na atmosfera da casa que fora sua. Instalado numa poltrona de veludo vermelho, Eugène não manifestava a menor impaciência. Ao ver Maigret, chegou inclusive a esboçar um sorriso jovial. Era um homem esbelto, cheio de vitalidade, de segurança. Respirava saúde e despreocupação por todos os poros, e suas menores atitudes eram de uma suficiência quase animal.

Quando um inspetor chegou da rua, Maigret precipitou-se até ele.

– Foi até a garagem?

– Sim. O garagista afirma que o carro não saiu à noite e o vigia confirma sua declaração.

Era tão previsível que Eugène, que devia ter ouvido, não se deu o trabalho de ser irônico.

O dono do Tabac Fontaine apareceu em seguida, com os olhos sonolentos, o mau humor estampado no rosto e nos gestos.

– O comissário Amadieu! – ele rosnou ao rapaz do atendimento.

– Sente-se.

Fingindo não reconhecer Eugène, instalou-se a três metros dele, com o chapéu sobre os joelhos.

O comissário Amadieu mandou chamar Maigret, e os dois se viram de novo frente a frente, na pequena sala de onde se avistava o Sena.

– Os seus vadios já chegaram?

– Nem todos.

– Pode me dizer exatamente as perguntas que quer que eu faça a eles?

Essa pequena frase, com sua aparência amável e atenciosa, não parecia significar nada. No entanto, era uma afirmação de resistência passiva. Amadieu sabia tão bem como seu interlocutor que é impossível determinar de antemão as frases de um interrogatório.

Mesmo assim, Maigret ditou um certo número de perguntas para cada testemunha. Amadieu tomou nota com a docilidade de um secretário e também com uma satisfação evidente.

– É tudo?

– Sim.

– Quer que comecemos já com o tal Audiat?

Maigret fez um sinal de que pouco lhe importava, e o comissário apertou uma campainha, dando uma ordem ao inspetor que apareceu. Seu secretário sentou-se à extremidade da mesa, à contraluz, enquanto Maigret instalava-se no canto mais escuro.

– Sente-se, Audiat, e diga-nos o que fez esta noite.

– Não fiz nada.

O garçom, embora tivesse o sol nos olhos, havia notado a presença de Maigret e deu um jeito de lhe dirigir uma expressão de zombaria.

– Onde estava à meia-noite?

– Não lembro. Fui ao cinema, depois bebi um trago num bar da Rue Fontaine.

Amadieu dirigiu um olhar a Maigret como quem diz:

– Não se preocupe. Anotei suas perguntas.

E, de fato, com os óculos sobre o nariz, leu lentamente:

– Qual o nome dos amigos que encontrou nesse bar?

A partida estava perdida de antemão, pois o interrogatório havia começado mal. Audiat, que percebeu isso, sentia-se cada vez mais confiante.

– Não encontrei amigos.

– Não viu nem mesmo uma pessoa que se encontra aqui presente?

Audiat virou-se para Maigret e balançou a cabeça.

– Talvez este senhor. Mas não estou certo. Não prestei atenção nele.

– E depois?

– Depois saí e, como o cinema me deixou com dor de cabeça, fui caminhar pelas ruas. Quando atravessava uma delas, fui atingido por um veículo e caí, ferido, junto a uma árvore. Desta vez, este senhor estava presente. Ele me disse que eu havia sido derrubado por um carro. Pedi que me conduzisse à minha casa, mas ele não quis e levou-me a um quarto de hotel.

Uma porta se abriu, e o diretor da P.J. entrou, encostando-se silenciosamente à parede.

Com um lápis à mão, Amadieu anotava às vezes uma palavra no seu papel mata-borrão, enquanto o secretário registrava o depoimento completo.

– Com licença! – interveio o diretor. – Tudo o que está dizendo é muito bonito, mas diga o que foi fazer às três da madrugada no Boulevard de la Chapelle.

– Eu estava com dor de cabeça.

– Não queira bancar o esperto. Para quem já tem quatro condenações...

– Perdão! Com relação às duas primeiras, houve anistia. O senhor não tem o direito de falar disso.

Maigret contentava-se em olhar e escutar. Ele fumava o cachimbo, cujo cheiro impregnava a sala enquanto a fumaça subia ao sol.

– É o que veremos daqui a pouco.

Fizeram Audiat passar a uma sala vizinha, e Amadieu telefonou:

– Façam entrar o chamado Eugène Berniard.

Ele se apresentou, sorridente e desembaraçado, num relance identificou a posição de cada personagem, esmagou o cigarro num cinzeiro.

– O que fez ontem à noite? – repetiu Amadieu sem convicção.

– Acredite, sr. comissário, ontem me deitei cedo, estava com dor de dente. Pergunte ao porteiro do Hotel Alsina.

– A que horas?

– Meia-noite.

– E não esteve no Tabac Fontaine?

– Onde fica?

– Um instante! Conhece um certo Audiat?

– Como é ele? Vemos tanta gente em Montmartre!

Cada minuto de imobilidade custava a Maigret um esforço doloroso.

– Faça entrar Audiat! – telefonou Amadieu.

Audiat e Eugène olharam-se com curiosidade.

– Você o conhece?

– Nunca o vi! – falou Eugène.

– Muito prazer! – gracejou o garçom.

Representavam com precisão a comédia. Os olhos riam, desmentindo as palavras.

– E não jogou uma partida de bisca ontem à noite no Tabac Fontaine?

Um arregalou os olhos, o outro deu uma risada.

– Trata-se de um equívoco, sr. comissário.

Foram confrontados com o marselhês que, ao entrar, estendeu a mão a Eugène.

– Vocês se conhecem?

– Evidentemente! Estávamos juntos.

– Onde?

– No Hotel Alsina. Nossos quartos são vizinhos.

O diretor da P.J. fez um sinal a Maigret para que o acompanhasse.

Os dois puseram-se a caminhar pelo corredor onde Louis, o dono da tabacaria, continuava a esperar, não distante de Germain Cageot.

– O que vai fazer?

O diretor lançava a seu companheiro olhares ansiosos.

– É verdade que eles tentaram matá-lo?

Maigret não respondeu. Cageot o acompanhava com os olhos, com a mesma ironia tranquila que Audiat e Eugène.

– Se eu mesmo pudesse interrogá-los! – ele suspirou enfim.

– Sabe que é impossível. Mas continuaremos com as acareações por quanto tempo quiser.

– Eu lhe agradeço, sr. diretor.

Maigret sabia que aquilo não adiantava nada. Os cinco homens estavam de conluio. Haviam tomado suas precauções. E não eram as perguntas que Amadieu fazia com uma voz apática que os levaria a confessar.

– Não sei se você está agindo bem ou mal – retomou o diretor.

Eles passavam diante de Cageot, que aproveitou para se levantar e cumprimentar o diretor da P.J.

– Foi o senhor que mandou me convocar, sr. diretor?

Era meio-dia. A maioria dos inspetores havia saído para almoçar ou estava em missão. O comprido corredor estava quase vazio. Diante da sua porta, o chefe apertou a mão de Maigret.

– O que quer que eu lhe diga? Tudo o que posso fazer é desejar-lhe boa sorte.

Então foi pegar o casaco e o chapéu; lançou um último olhar à sala onde o interrogatório prosseguia, dirigindo-se enfim à escada, após lançar a Cageot um olhar aborrecido.

Maigret estava exasperado. Nunca estivera a tal ponto sufocado por uma sensação de impotência. Cageot e Louis continuavam sentados, pacientes e quietos; os dois se divertiam com suas idas e vindas.

Na sala de Amadieu, ouvia-se um calmo murmúrio de vozes. Perguntas e respostas sucediam-se sem excitação. Conforme prometera, o comissário seguia o plano traçado por Maigret, mas sem nada acrescentar, sem se interessar pelo que fazia.

Philippe estava preso. A sra. Maigret esperava o carteiro com impaciência.

– Belo dia, não é mesmo? – disse de repente Cageot a seu vizinho.

– De fato, um belo dia de vento leste – este replicou.

– Também foi convocado?

Ele falava para Maigret com uma intenção flagrante de troça.

– Sim. Acho que querem me pedir uma informação.

– O mesmo que eu. Que comissário o chamou?

– Um tal de Amadieu.

No momento em que Maigret passava junto a Cageot, este entreabriu a boca num riso insultante que, de súbito, teve por resposta um reflexo brutal, impossível de controlar. A mão de Maigret abateu-se sobre a face do Notário.

Um grande erro! Mas fora provocado por uma noite sem sono, por uma série imensa de humilhações.

Enquanto Cageot continuava abismado pela brutalidade do ataque, Louis levantou-se e pegou Maigret por um braço.

– Ficou louco?

Iam se engalfinhar nos corredores da P.J.?

– O que está acontecendo?

Era a voz de Amadieu, que acabava de abrir a porta. Era impossível, vendo os três homens arquejantes, não compreender, mas o comissário, como se não desconfiasse de nada, pronunciou com calma:

– Quer entrar, Cageot?

Mais uma vez, as outras testemunhas haviam sido levadas a uma sala vizinha.

– Sente-se.

Maigret também entrou e permaneceu de pé contra a porta.

– Mandei chamá-lo porque preciso que identifique certos indivíduos.

Amadieu apertou a campainha. Fizeram entrar Audiat.

– Conhece este homem?

Maigret então saiu, batendo a porta e soltando um palavrão em voz alta. Ele estava a ponto de chorar. Aquela comédia o revoltava.

Audiat não conhecia Cageot, Cageot não conhecia Audiat! Nenhum dos dois conhecia Eugène! E continuaria assim até o final! Quanto a Louis, ele não conhecia ninguém!

Amadieu, que os interrogava, marcava um ponto a cada nova negação. Ah! Estavam querendo perturbar seus pequenos hábitos, querendo lhe ensinar a profissão? Não, permaneceria cortês até o final, pois era um homem bem-educado! Mas veriam do que é capaz!

Maigret desceu a escada mal-iluminada, atravessou o pátio e passou diante do potente carro de Eugène.

Havia sol em Paris, sobre o Sena e a Pont-Neuf. Mas o ar esfriava bruscamente quando se passava por um trecho na sombra.

Dentro de quinze minutos ou uma hora, os interrogatórios estariam terminados. Eugène se instalaria ao volante ao lado do marselhês. Cageot chamaria um táxi. Cada um iria para o seu lado após uma troca de olhares.

– Esse imbecil do Philippe!

Maigret falava sozinho, batendo as solas do sapato no calçamento das ruas. Não sabia aonde ir. De repente, teve a impressão de que uma mulher com que cruzou desviava a cabeça como para não ser reconhecida. Deteve-se e viu Fernande apressar o passo. Alguns metros adiante, alcançou-a e pegou-a pelo braço com uma brutalidade involuntária.

– Aonde vai?

Ela pareceu nervosa e não respondeu.

– Quando a soltaram?

– Ontem à noite.

Ele compreendeu que não havia mais a confiança que se criara entre os dois. Fernande tinha medo dele. Queria apenas continuar seu caminho o mais depressa possível.

– Foi intimada? – ele perguntou, lançando um rápido olhar ao prédio da P.J.

– Não.

Ela vestia um tailleur azul que lhe dava o aspecto de uma pequeno-burguesa. Maigret impacientava-se, tanto mais por não ter razão alguma para detê-la.

– O que veio fazer aqui?

Maigret seguiu o olhar de Fernande, que se deteve no carro azul de Eugène.

Ele compreendeu e sentiu-se vexado como um homem com ciúmes.

– Sabe que esta noite ele tentou me matar?

– Quem?

– Eugène.

Ela abriu a boca para dizer alguma coisa, mas mordeu os lábios.

– O que ia me dizer?

– Nada.

O sentinela os observava. No alto do prédio, atrás da oitava janela, Amadieu continuava a registrar os depoimentos combinados dos cinco homens. O carro esperava, versátil e vistoso como seu proprietário, e Fernande, com o rosto contraído, aguardava o momento de ir embora.

– Acha que fui eu que mandei prendê-la? – perguntou Maigret.

Ela não respondeu, desviando a cabeça.

– Quem lhe disse que Eugène estava aqui? – ele insistiu em vão.

Ela estava apaixonada! Apaixonada por Eugène, com quem havia dormido para fazer um favor a Maigret!

– É uma pena! – este resmungou enfim. – Vá, minha cara!

Ele esperava que a moça se arrependesse, mas ela se dirigiu até o carro e permaneceu ali.

Maigret ficou sozinho na calçada, enchendo um cachimbo. Não conseguiu acendê-lo, de tanto que havia comprimido o tabaco.

CAPÍTULO VIII

Quando atravessava o saguão do seu hotel, Maigret contristou-se ao ver uma mulher levantar-se de uma cadeira de vime e vir em sua direção. Ela o beijou nas duas faces com um sorriso triste, tomou-lhe a mão, que conservou na sua, e gemeu:

– É terrível! Cheguei hoje de manhã e corri tanto que não sei mais onde estou.

Maigret olhou a cunhada que chegava da Alsácia e sentiu necessidade de habituar-se a essa visão, por contrastar tanto com as imagens dos últimos dias e daquela manhã na atmosfera pesada em que ele vivia.

A mãe de Philippe era parecida com a sra. Maigret, mas conservara, mais do que a irmã, um frescor provinciano. Não era gorda, mas tinha um aspecto protetor; tudo nela dava uma impressão de limpeza, o rosto rosado sob cabelos meticulosamente lisos, as roupas pretas e brancas, os olhos, o sorriso.

Trazia consigo o ambiente da sua terra, e Maigret acreditou sentir o cheiro da casa com armários cheios de doces, o aroma das comidas e dos cremes que ela gostava de preparar.

– Acha que depois disso ele conseguirá um emprego?

O comissário recolheu a bagagem da cunhada, que era ainda mais provinciana do que ela mesma.

– Vai se hospedar aqui? – ele perguntou.

– Se não for muito caro...

Levou-a até o refeitório onde ele mesmo ainda não havia posto os pés, pois seu aspecto era austero e ali só se falava em voz baixa.

– Como descobriu meu endereço?

– Fui ao Palácio da Justiça e falei com o juiz. Ele não sabia que você se ocupava do caso.

Maigret não disse nada, mas contraiu o rosto. Imaginou o que a cunhada deve ter dito:

"– Compreenda, sr. juiz. O tio do meu filho, o comissário divisionário Maigret..."

– E então? – ele se impacientou.

– Ele me deu o endereço do advogado. Fica na Rue de Grenelle. Também fui até lá.

– Fez todas essas andanças com as bagagens?

– Eu as deixei no guarda-volumes da estação ferroviária.

Era assustador. Ela devia ter contado sua história a todo mundo.

– Imagine só, quando a fotografia saiu no jornal, Émile não teve coragem de ir ao escritório!

Émile era o marido dela, que tinha os mesmos olhos míopes de Philippe.

– Lá não é como em Paris. Prisão é prisão. As pessoas dizem que onde há fumaça há fogo... Será que ao menos lhe deram um leito com cobertores?

Eles comeram sardinhas e rodelas de beterraba e beberam um vinho tinto. De vez em quando, Maigret fazia um esforço para não pensar no tormento desse almoço.

– Você conhece Émile. Está muito irritado com você. Diz que foi por sua culpa que Philippe entrou para a polícia em vez de procurar um bom emprego num banco. Respondi a ele que só acontece o que deve acontecer... Mudando de assunto, como vai sua mulher? Não está tendo muito trabalho com os bichos de criação?

Essa conversa durou uma hora. Depois do almoço, eles tomaram café, e a mãe de Philippe quis saber exatamente como é uma prisão e como as pessoas são tratadas lá. Os dois estavam na sala quando o porteiro veio anunciar que um senhor queria falar com Maigret.

– Mande entrar!

Ele se perguntou quem poderia ser e ficou muito espantado ao ver o comissário Amadieu, que cumprimentou a sra. Lauer com embaraço.

– A mãe de Philippe – pronunciou Maigret.

E ao comissário:

– Que tal subirmos até o meu quarto?

Os dois subiram a escada em silêncio. Ao chegar ao quarto, o comissário tossiu para limpar a garganta, livrando-se do chapéu e do guarda-chuva que nunca abandonava.

– Achei que ia vê-lo após o interrogatório desta manhã – começou. – Você partiu sem dizer nada.

Maigret o observava em silêncio; compreendeu que Amadieu vinha fazer as pazes, mas não quis lhe facilitar os primeiros passos.

– Esses caras são matreiros, você sabe! Dei-me conta disso quando foram confrontados todos juntos.

Sentou-se para dissimular o embaraço e cruzou as pernas.

– Escute, Maigret, vim lhe dizer que começo a compartilhar sua opinião. Está vendo que sou franco e que não tenho ressentimentos.

O som da voz não era inteiramente natural, e Maigret sentiu que se tratava de uma lição aprendida, que seu interlocutor não fazia aquilo espontaneamente. Depois dos interrogatórios da manhã, deve ter havido um conciliábulo entre o diretor da P.J. e o comissário, e o diretor é que se inclinara em favor da tese de Maigret.

– Agora eu lhe pergunto: o que vamos fazer? – articulou gravemente Amadieu.

– Eu não tenho a menor ideia!

– Não precisa dos meus homens?

E, em seguida, quase volúvel:

– Vou lhe dar minha opinião, pois refleti muito ao interrogar esses safados. Você sabe que, quando Pepito foi morto, ele havia recebido um mandado de prisão. Soubemos que havia uma quantidade bastante grande de droga no Floria. Aliás, foi para impedir que essa droga fosse levada a outro lugar que postei um inspetor até o momento da detenção, que devia ter ocorrido de manhã. Pois bem, a mercadoria desapareceu.

Maigret parecia não escutar.

– Concluo disso que, quando a apreendermos, pegaremos também o assassino. Tenho muita vontade de pedir ao juiz um mandado de busca e de ir até a casa do nosso Cageot.

– Não vale a pena – suspirou Maigret. – O homem que acertou os detalhes da acareação desta manhã não terá conservado consigo uma mercadoria tão comprometedora, que não está nem na casa de Cageot, nem de Eugène, nem de algum outro de seus amigos. A propósito, o que foi que Louis disse acerca dos seus clientes?

– Ele jura que nunca viu Eugène e muito menos que jogou cartas com ele. Disse que Audiat veio várias vezes comprar cigarros, mas que não conversaram. Quanto a Cageot, embora tenha ouvido o seu nome, como todo mundo em Montmartre, não o conhece pessoalmente.

– Eles não se contradisseram, é claro.

– Nem uma única vez. Inclusive lançavam olhares divertidos, como se o interrogatório fosse uma farra. O chefe ficou furioso.

Maigret reteve com dificuldade um pequeno sorriso, pois Amadieu confessava que ele adivinhara corretamente que sua mudança de opinião se devia ao chefe da P.J.

– Poderíamos colocar um inspetor na cola de Cageot – retomou Amadieu, para quem os silêncios eram penosos. – Mas ele os despistará quando quiser. Sem contar que tem proteções e é capaz de se queixar de nós.

Maigret tirou o relógio do bolso, olhando-o com insistência.

– Tem um compromisso?

– Sim, daqui a pouco. Se não se importa, vamos descer juntos.

Ao passar pelo porteiro, Maigret informou-se sobre a cunhada.

– A senhora partiu há alguns minutos. Perguntou-me que ônibus devia tomar para chegar à Rue Fontaine.

Era bem próprio dela! Queria ver por si mesma o lugar onde o filho fora acusado de matar Pepito. E ela entraria e contaria sua história aos garçons!

– Que tal tomarmos um trago no Chope enquanto espero? – propôs Maigret.

Instalaram-se num canto e pediram um conhaque.

– Confesse – arriscou Amadieu, alisando os bigodes – que seu método é impossível de aplicar num caso como este. Discutimos isso há pouco, eu e o chefe.

Decididamente, o chefe estava muito interessado pelo caso!

– O que chama de meu método?

– Você sabe melhor do que eu. Em geral, você se envolve com a vida das pessoas; ocupa-se mais da mentalidade delas e até mesmo do que lhes aconteceu vinte anos antes do que dos indícios materiais. Aqui, estamos diante de tipos acerca dos quais sabemos mais ou menos tudo. Eles não tentam sequer enganar. Não havendo outras testemunhas, Cageot teria até mesmo admitido que matou.

– Ele não admitiu.

– Então, o que pretende fazer?

– E você?

– Começarei por armar uma rede ao redor deles, é uma ação recomendável. A partir desta noite, todos passarão a ser vigiados. Terão de ir a alguma parte, falar com outras pessoas. Interrogaremos estas por sua vez e...

– E dentro de seis meses Philippe ainda estará na prisão.

– O advogado pedirá sua liberdade provisória. Como ele é acusado apenas de homicídio por imprudência, na certa conseguirá.

Maigret sentiu um alívio.

– Mais um? – propôs Amadieu, indicando os copos.

– Com prazer.

Pobre Amadieu! Como devia estar atrapalhado no momento de entrar no saguão do hotel! Mas agora que havia recuperado a serenidade e ostentava uma segurança que não tinha, falava do caso até mesmo com certa desenvoltura.

– Aliás, pergunto-me se foi o próprio Cageot quem matou – acrescentou, bebendo um gole do conhaque. – Pensei bastante na sua tese. Por que ele não teria encarregado Audiat de atirar, ficando ele próprio emboscado na rua?

– Audiat não teria voltado atrás para esbarrar no meu sobrinho e dar o alarme. É muito precipitado, é um pequeno delinquente sem talento.

– E Eugène?

Maigret deu de ombros. Não porque acreditasse na inocência de Eugène, mas porque teria sido incômodo atacá-lo. A coisa era muito vaga. E Fernande estava de algum modo envolvida com ele.

Aliás, Maigret mal acompanhava a conversa. Com o lápis na mão, traçava no mármore da mesa traços sem significação alguma. Ele sentia calor. O conhaque produzia um bem-estar suave, como se todo o seu cansaço acumulado fosse aos poucos se dissolvendo.

Lucas, que entrou acompanhado de um jovem inspetor, teve um sobressalto ao ver os dois comissários sentados na mesma mesa; Maigret, de longe, dirigiu-lhe um olhar.

– Não quer ir até a "casa"? – propôs Amadieu. – Eu lhe mostrarei o auto dos interrogatórios.

– Para quê?

– O que pretende fazer?

A Amadieu importunava não saber que ideia se escondia atrás da testa teimosa de Maigret. E sua cordialidade já baixava um tom.

– Os nossos esforços não devem se destruir mutuamente. O chefe é da mesma opinião que eu, e foi ele quem me aconselhou a entrar em acordo com você.

– E não estamos de acordo?

– Sobre o quê?

– Sobre o fato de que Cageot matou Pepito e de que provavelmente foi quem matou também Barnabé quinze dias antes.

– Não basta que estejamos de acordo sobre esse ponto para prendê-lo.

– Evidentemente.

– E então?

– Então nada. Ou melhor, vou lhe pedir só uma coisa. Suponho que obteria facilmente do juiz Gastambide um mandado de captura contra Cageot.

– E depois?

– A seguir eu gostaria que houvesse um inspetor permanentemente no Quai des Orfèvres com esse mandado no bolso. Assim que eu lhe telefonar, ele me encontrará.

– Encontrá-lo onde?

– Onde eu estiver! Seria ainda melhor que, em vez de um, ele tivesse vários mandados. Nunca se sabe.

O rosto inexpressivo de Amadieu pareceu ficar ainda mais comprido.

– Muito bem – disse secamente. – Falarei com o diretor.

Chamou o garçom e pagou uma das rodadas. Depois ficou um longo tempo a abotoar e a desabotoar o casaco, na esperança de que Maigret se decidisse enfim a falar.

– É isso! Desejo-lhe boa sorte.

– Você foi muito amável. Eu lhe agradeço.

– Para quando acredita que será?

– Talvez daqui a pouco. Talvez só amanhã de manhã. Aliás, prefiro que seja amanhã de manhã.

No momento em que seu companheiro se afastava, ele falou:

– E obrigado pela visita.

– Era natural.

Ficando sozinho, ele pagou a segunda rodada, detendo-se um instante à mesa de Lucas e do seu colega.

– Novidades, chefe?

– Quase. Onde posso encontrá-lo, amanhã de manhã, por volta das oito horas?

– Estarei no Quai des Orfèvres. Se preferir, posso vir até aqui.

– Então até amanhã, aqui.

Na rua, Maigret chamou um táxi e dirigiu-se até a Rue Fontaine. Anoitecia, e as vitrines iluminavam-se. Ao passar diante do Tabac Fontaine, pediu que o motorista diminuísse a velocidade.

A moça indolente estava no caixa e Louis atrás do balcão, enquanto o garçom limpava as mesas. Mas lá não estavam nem Audiat, nem Eugène, nem o marselhês.

– Como eles vão penar, hoje à noite, por não poderem jogar bisca!

Alguns instantes depois, o táxi parava em frente ao Floria. Maigret pediu que ele esperasse e empurrou a porta entreaberta.

Era a hora da limpeza. Uma única lâmpada estava acesa e lançava uma luz indecisa sobre as tapeçarias e as pinturas vermelhas e verdes das paredes. As toalhas ainda não estavam postas nas mesas sem verniz e, sobre o estrado, capas cobriam os instrumentos de música.

A cena era pobre, lúgubre. A porta do escritório, ao fundo, estava aberta e Maigret avistou uma silhueta de mulher; ele passou junto a um garçom que varria e emergiu, de repente, em plena luz.

– É você! – surpreendeu-se a cunhada.

Ela ficou atrapalhada e corou.

– Eu quis ver o... a...

Um jovem estava encostado à parede e fumava um cigarro. Era o sr. Henry, o novo proprietário do Floria ou, mais exatamente, o novo testa de ferro de Cageot.

– Este senhor foi muito amável... – balbuciou a sra. Lauer.

– Gostaria de poder ajudar mais – escusou-se o jovem. – A senhora me disse ser a mãe do policial que matou... ou melhor, que acusam de ter assassinado Pepito. Quanto a mim, não sei de nada. Assumi a casa no dia seguinte.

– Mais uma vez, obrigada, senhor. Vejo que compreende como são as mães.

Ela esperava uma cena da parte de Maigret. Quando ele a fez subir no táxi que esperava, ela falou por falar.

– Veio de carro? Há um ônibus que deixa aqui perto... Pode fumar seu cachimbo, estou acostumada...

Maigret deu o endereço do hotel e, durante o trajeto, murmurou com uma voz engraçada:

– Já sei o que vamos fazer. Temos uma longa noite pela frente. Amanhã de manhã precisamos estar bem-dispostos, com os nervos calmos e o cérebro descansado. Se quiser, iremos ao teatro.

– Ao teatro, quando Philippe está preso?

– Ora, é sua última noite na prisão.

– Descobriu alguma coisa?

– Ainda não. Mas deixe comigo. O hotel é triste, não temos nada a fazer.

– E eu, que queria aproveitar para deixar em ordem o quarto de Philippe!

– Ele ficaria furioso. Um jovem não gosta que a mãe mexa em suas coisas.

– Acha que Philippe tem um caso amoroso?

Era o espírito inteiro da província que se manifestava nessas palavras, e Maigret beijou-a na face.

– É claro que não, sua boba! Infelizmente não. Philippe é o retrato do pai dele.

– Não estou certa de que Émile, antes do casamento...

Não era como um banho de água pura? Chegando ao hotel, Maigret reservou lugares no Palais-Royal e, enquanto esperava a janta, escreveu uma carta à sua mulher. Parecia ter esquecido o assassinato de Pepito e a prisão do sobrinho.

– Vamos nos divertir, nós dois! – anunciou à cunhada. – Se você se comportar bem, eu lhe mostrarei inclusive o Floria em plena ação.

– Não estou habituada a isso!

Ele cumpriu a palavra. Depois do jantar em um restaurante dos Boulevards – pois ele não quis comer no hotel –, levou a cunhada ao teatro e a viu rir com satisfação, mesmo contra a vontade, dos quiproquós de vaudeville. No intervalo, porém, ela suspirou:

– Estou envergonhada do que me fez fazer. Se Philippe soubesse onde está sua mãe a esta hora...

– E que dirá então Émile? A menos que esteja passando uma cantada na empregada.

– Ela tem cinquenta anos, a pobrezinha.

Foi mais difícil convencê-la a ir ao Floria, pois a simples entrada no cabaré, iluminado a neon, já a impressionava. Maigret conduziu-a até uma mesa próxima ao bar, passando ao lado de Fernande, que se achava ali acompanhada de Eugène e do marselhês.

Como era de esperar, houve risos à visão da honrada mulher que o ex-comissário conduzia.

E Maigret estava encantado! Dir-se-ia que era o que buscava! Como um provinciano que cai na farra, ele pediu champanhe.

– Vou ficar bêbada! – brincou a sra. Lauer.

– Tanto melhor!

– Sabe que é a primeira vez que ponho os pés num lugar assim?

De fato, ela exalava inocência! Era um poço de saúde física e moral!

– Quem é aquela mulher que não para de olhar para você?

– É Fernande, uma amiga minha.

– Se eu fosse minha irmã, não estaria tranquila, pois ela parece apaixonada.

Era verdade e mentira. Fernande, de fato, olhava para Maigret de um jeito estranho, como se lamentasse a intimidade interrompida. Porém, logo em seguida, lançava-se aos braços de Eugène com uma ostentação exagerada.

– Ela está com um belo rapaz!

– Pena que amanhã esse belo rapaz estará na prisão.

– O que ele fez?

– É um dos bandidos que fizeram Philippe ser detido.

– Ele?

Ela não acreditava. E pior foi quando, como fazia toda noite, Cageot passou a cabeça pela cortina a fim de ver como iam as coisas.

– Está vendo aquele senhor que tem uma cara de advogado?

– O de cabelos grisalhos?

– Sim, esse mesmo. Cuide para não gritar: é o assassino!

Os olhos de Maigret riam, riam como se ele já tivesse Cageot e os outros na mão. Ele ria tanto que Fernande se virou, espantada, e franziu as sobrancelhas, de repente inquieta e pensativa.

Um pouco mais tarde, ela se dirigiu ao lavabo e, ao passar, lançou um olhar a Maigret, que por sua vez se levantou para alcançá-la.

– Tem novidades? – ela perguntou quase com maldade.

– E você?

– Nada, como vê. Estamos de saída.

Ela espiou Maigret e falou depois de um silêncio:

– Vão prendê-lo?

– Não de imediato.

Impaciente, ela bateu no chão com o salto alto do sapato.

– Apaixonada?

Mas ela já se afastava, dizendo:

– Ainda não sei.

A sra. Lauer ficou envergonhada de deitar-se às duas da manhã, e Maigret, assim que caiu na cama, adormeceu profundamente, roncando como não roncava havia vários dias.

CAPÍTULO IX

Faltando dez para as oito, Maigret deteve-se na recepção do hotel no momento em que o proprietário, que acabava de chegar, passava em revista com o vigia da noite a lista dos hóspedes. Um balde de água suja obstruía a passagem; uma vassoura estava encostada à parede e Maigret, com a maior seriedade, pegou essa vassoura e examinou seu cabo.

– Permite que eu a utilize? – ele perguntou ao proprietário, que balbuciou:

– Tenha a bondade...

Porém, logo em seguida, perguntou com inquietude:

– Seu quarto não está limpo?

Maigret fumava seu primeiro cachimbo com uma alegria pura.

– Acho que está – ele replicou tranquilamente. – Não é a vassoura que me interessa, mas apenas um pedaço do cabo.

A faxineira, que havia se aproximado enxugando as mãos no avental azul, deve ter pensado que ele estava louco.

– Você me conseguiria uma serra? – continuou Maigret, dirigindo-se ao vigia da noite.

– Vamos, Joseph – teve de repetir o patrão –, vá procurar uma serra para o sr. Maigret.

Assim a jornada decisiva começava por uma alegre maluquice. Havia um sol radiante como no dia anterior. Uma camareira passou com uma bandeja de café da manhã. O piso do corredor acabava de ser lavado, e o carteiro entrou, vasculhando a correspondência na sacola de couro.

Maigret, com a vassoura na mão, esperava uma serra.

– Há um aparelho telefônico no salão, não é? – ele perguntou ao proprietário.

– Sim, sr. Maigret. Na mesa da esquerda. Farei imediatamente a ligação.

– Não é necessário.

– Não quer telefonar?

– Agora não.

Ele entrou no salão com a vassoura, enquanto a faxineira aproveitava para declarar:

– O senhor está vendo que não é minha culpa se não faço nada. Que não venham me criticar daqui a pouco porque o hall não está limpo!

O vigia voltou com uma serra enferrujada que encontrou na adega. Maigret pegou então a serra, apoiou a vassoura em cima do balcão e começou a serrar a ponta do cabo. Serragem caía no chão já lavado. A outra extremidade da vassoura roçava o registro de hóspedes, que o patrão observava angustiado.

– Feito, obrigado! – pronunciou enfim o comissário, recolhendo um pequeno pedaço de madeira que acabava de serrar.

Ao mesmo tempo, devolveu à faxineira uma vassoura com alguns centímetros a menos.

– É o que precisava? – perguntou o dono do hotel, mantendo a seriedade.

– Exatamente.

No Chope du Pont-Neuf, onde se encontrou com Lucas na sala dos fundos, havia o mesmo estorvo de faxineiras e baldes, como no hotel.

– Sabe, chefe? A brigada trabalhou a noite toda. Quando Amadieu o deixou, ele decidiu se adiantar e lançou todo o seu pessoal no caso. Estamos sabendo, por exemplo, que esteve no Palais-Royal com uma senhora.

– E que depois fui ao Floria. Pobre Amadieu! E o que sabem dos outros?

– Eugène também estava no Floria e certamente o viu. Quando faltavam quinze para as três, ele saiu com uma profissional.

– Sei, Fernande. Aposto que dormiu com ela na Rue Blanche.

– Tem razão. O carro ficou a noite toda junto à calçada e ainda deve estar lá.

Maigret sentiu um descontentamento, embora não fosse por amor. Na manhã anterior, ele é que estava na casa dela, no apartamento banhado de sol. Fernande, sumariamente vestida, bebia um café com leite e entre os dois havia uma intimidade confiante.

Não se tratava de ciúme; é que ele não gostava de homens do tipo de Eugène, que imaginava agora ainda deitado, enquanto Fernande se ocupava em preparar-lhe o café e servi-lo na cama! Que sorriso condescendente Eugène devia esboçar!

– Ela fará tudo o que ele quiser! – suspirou Maigret. – Continue, Lucas.

– O colega marselhês esteve em duas ou três boates antes de voltar ao Hotel Alsina. A esta hora deve estar dormindo, pois nunca se levanta antes de onze ou meio-dia.

– E o homenzinho surdo?

– Chama-se Colin. Vive com a mulher, pois é legitimamente casado, num apartamento da Rue Caulaincourt. Ela faz cenas quando ele chega tarde. É a ex-patroa da sua "casa".

– O que ele faz neste momento?

– Compras. É sempre ele que vai ao mercado, usando um cachecol no pescoço e calçando chinelos.

– E Audiat?

– Embebedou-se passando por uma série de botecos. Voltou a seu hotel, na Rue Lepic, por volta de uma da madrugada, e o vigia da noite precisou ajudá-lo a subir a escada.

– Quanto a Cageot, suponho que está em casa, não?

Ao sair do Chope du Pont-Neuf, Maigret tinha a impressão de ver seus personagens espalhados lá no alto da Sacré-Coeur, que emergia, muito branca, da névoa de Paris.

Durante dez minutos, deu instruções a Lucas, em voz baixa, e por fim murmurou, apertando-lhe a mão:

– Compreendeu bem? Tem certeza de que não precisará de mais meia hora?

– Está armado, chefe?

Maigret deu um tapa no bolso da calça e chamou um táxi que passava.

– Rue des Batignolles!

A porta do prédio estava aberta e um empregado do gás era atendido na zeladoria.

– O que deseja? – disse uma voz aguda no momento em que Maigret passou.

– O sr. Cageot, por favor.

– Na sobreloja, à esquerda.

Maigret deteve-se sobre o capacho desfiado, respirou fundo e puxou um enorme cordão de passamanaria que produziu, no interior do apartamento, apenas um som de sininho infantil.

Ali também uma vassoura varria o chão e esbarrava às vezes em algum móvel. Uma voz de mulher falou:

– O senhor vai abrir?

Logo se ouviram passos abafados. Uma corrente foi puxada. A chave girou na fechadura e o batente se afastou, mas apenas uns dez centímetros.

Era Cageot que havia aberto a porta, um Cageot de robe, com os cabelos desalinhados, as sobrancelhas mais espessas do que nunca. Ele não se surpreendeu. Com uma voz mal-humorada, pronunciou, fitando Maigret nos olhos:

– O que quer?

– Em primeiro lugar, entrar.

– Está aqui oficialmente, com um mandado regular?

– Não.

Cageot quis fechar a porta, mas o comissário avançou o pé, impedindo seu movimento.

– Não acha melhor conversarmos? – ele perguntou ao mesmo tempo.

Cageot percebeu que não conseguiria fechar a porta e seu olhar ficou mais pesado.

– Eu poderia chamar a polícia...

– É claro! Só que eu acho que seria inútil e que uma conversa entre nós dois é preferível.

Atrás do Notário, uma faxineira vestida de preto havia interrompido seu trabalho para escutar. Todas as portas do apartamento estavam abertas para a limpeza. Adivinhava-se, à direita do corredor, uma peça muito clara que dava para a rua.

– Entre.

Cageot tornou a fechar a porta à chave, passou a corrente e disse ao visitante:

– À direita, no meu escritório.

Era um alojamento típico de pequeno-burgueses de Montmartre, com uma cozinha de pouco mais de um metro de largura voltada para o pátio interno, um cabide de bambu na entrada, uma copa escura, cortinas também escuras, papel de parede com ramagens, um tanto desbotado.

O que Cageot chamava de escritório era a peça prevista pelo arquiteto para funcionar como sala, sendo a única do apartamento com duas janelas que deixavam penetrar a luz.

No meio do assoalho encerado havia um tapete gasto, e três poltronas estofadas haviam adquirido a mesma tonalidade indefinível do tapete.

As paredes eram cor de romã, cobertas por uma quantidade de quadros e fotografias com moldura dourada. Nos cantos, mesinhas e prateleiras estavam carregadas de bibelôs sem valor.

– Marthe! Traga o meu chocolate aqui!

Ele não olhava mais para Maigret. Esperava, preferindo deixar ao interlocutor a ofensiva.

O comissário, sentado numa cadeira bastante frágil, havia desabotoado o sobretudo e enchia um cachimbo com pequenos movimentos do polegar, ao mesmo tempo em que olhava ao redor. Uma janela estava aberta, certamente por causa da limpeza e, quando a faxineira chegou com o chocolate, Maigret pediu a Cageot:

– Não se importa de fechar a janela? Peguei um resfriado anteontem e não queria agravar minha rinite.

– Feche a janela, Marthe.

Marthe não tinha a menor simpatia pelo visitante. Isso se via pela maneira como se movimentava a seu redor, e ela encontrou um meio, ao passar, de esbarrar-lhe a perna sem se desculpar.

O cheiro do chocolate espalhava-se por toda a peça. Cageot mantinha as mãos em volta da xícara como para aquecê-las. Caminhões de entrega passavam na rua, e a parte superior deles quase alcançava o nível das janelas, assim como o teto prateado dos ônibus.

A faxineira saiu, mas deixou a porta entreaberta, e continuou sua tarefa na entrada.

– Não lhe ofereço chocolate – disse Cageot –, pois suponho que já tomou seu café da manhã.

– Sim, já tomei. Mas se tivesse um vinho branco...

Tudo contava, as menores palavras, e Cageot franziu as sobrancelhas perguntando-se por que seu visitante pedia uma bebida.

Maigret compreendeu e sorriu.

– Estou habituado a trabalhar na rua. No inverno faz frio, no verão faz calor. Em ambos os casos dá vontade de beber, não é mesmo?

– Marthe, traga vinho branco e um copo.

E dirigindo-se a Maigret:

– Vinho comum?

– Isso mesmo. Prefiro o comum – este replicou.

Seu chapéu estava em cima da mesa, ao lado do telefone. Cageot bebia o chocolate em pequenos goles, agora sem tirar os olhos de seu companheiro.

Ele parecia mais pálido de manhã do que à noite, ou melhor, a pele era incolor. Tinha os olhos do mesmo cinza opaco que os cabelos e as sobrancelhas; a cabeça era comprida, ossuda. Cageot era um desses homens que não se pode imaginar senão entre duas idades. Difícil acreditar que alguma vez foi um bebê, ou um garoto que vai à escola, ou um jovem apaixonado. Certamente nunca segurara uma mulher nos braços nem balbuciara palavras carinhosas.

Em contrapartida, suas mãos peludas, bastante cuidadas, haviam sempre manejado uma caneta. As gavetas da escrivaninha deviam estar repletas de papéis os mais diversos, anotações, contas, faturas.

– Você se levanta relativamente cedo – observou Maigret, após ter olhado seu relógio.

– Não durmo mais que três horas por noite.

Era algo que se percebia, embora não se pudesse dizer de que maneira.

– Fica lendo?

– Leio ou trabalho.

Ambos se concediam um momento de descanso. Sem que fosse dito, eles decidiam que a conversa séria começaria só depois que Marthe tivesse servido o vinho branco.

Maigret não viu biblioteca, mas uma pequena mesa perto da escrivaninha ostentava livros encadernados, o Código civil, o dicionário Dalloz e outras obras jurídicas.

– Deixe-nos a sós, Marthe – disse Cageot, assim que o vinho foi colocado na mesa.

Quando ela se dirigia à cozinha, ele quase a chamou de novo para pedir que fechasse a porta, mas mudou de ideia.

– Sirva-se você mesmo.

E, com a maior naturalidade do mundo, abriu uma gaveta da escrivaninha, pegou um revólver automático e o colocou ao alcance da mão. Aquilo não parecia sequer uma provocação, era como se fosse desde sempre um gesto costumeiro. A seguir, afastou a xícara vazia e apoiou os cotovelos nos braços da poltrona.

– Escuto sua proposta – pronunciou então, como um homem de negócios que recebe um cliente.

– O que faz você pensar que tenho uma proposta a lhe fazer?

– Por que estaria aqui? Você não é mais da polícia. Portanto, não vem me prender. Não vem sequer me interrogar, pois não está mais habilitado, e o que eu pudesse vir a contar não teria valor.

Maigret aprovou com um sorriso, enquanto acendia o cachimbo que havia deixado apagar-se.

– Por outro lado, seu sobrinho está comprometido até o pescoço e você não vê meio algum de tirá-lo da prisão.

Maigret havia colocado a caixa de fósforos sobre a aba do seu chapéu e por três vezes, em poucos instantes, precisou pegá-la, porque o tabaco, certamente muito comprimido, logo se apagava.

– Assim – concluiu Cageot –, precisa de mim e não preciso de você. A partir de agora, eu o escuto.

A voz era tão neutra e inexpressiva como a pessoa. Com uma cabeça e uma voz como essas, ele teria dado um presidente de tribunal fantástico.

– Tudo bem! – decidiu Maigret, levantando-se e esboçando alguns passos pela peça. – O que pede para tirar o meu sobrinho desse rolo?

– Eu? Mas o que eu poderia fazer?

Maigret sorriu de modo ingênuo.

– Ora, vamos, sem modéstia! Sempre é possível desfazer o que se fez. Quanto?

Cageot ficou um momento em silêncio, digerindo a proposta.

– Isso não me interessa – disse enfim.

– Por quê?

– Porque não tenho nenhuma razão para me ocupar desse rapaz. Ele fez o que não devia e acabou preso. Eu não o conheço.

Maigret parava de vez em quando diante de um retrato, ou diante da janela, mergulhava o olhar na rua onde as donas de casa amontoavam-se em volta das carroças de frutas e legumes.

– Se o meu sobrinho – murmurou suavemente, tornando a acender mais uma vez o cachimbo – fosse eximido de culpa, eu não teria a menor razão para me ocupar desse caso. Você mesmo disse, não pertenço mais à polícia. Falando francamente, confesso que tomaria o primeiro trem para Orléans e duas horas depois estaria no meu barco pescando.

– Não está bebendo!

Maigret encheu um copo de vinho branco e o esvaziou de um só gole.

– Quanto aos meios de que você dispõe – continuou, sentando-se e colocando os fósforos sobre a aba do chapéu –, eles são muitos. Audiat poderia, numa segunda acareação, estar menos seguro de suas lembranças e não reconhecer formalmente Philippe. Isso acontece todos os dias.

Cageot refletia e, por seu olhar ausente, Maigret adivinhou que ele não escutava ou mal escutava. Sua preocupação devia ser esta:

– Por que diabos ele veio me procurar?

E, a partir desse momento, a de Maigret foi evitar a todo custo voltar o olhar na direção do chapéu e do telefone. Foi também a de parecer pensar sobre o que dizia. Porém, na verdade, ele falava por falar. Para se tornar mais eloquente, encheu mais um copo e bebeu.

– É bom?

– O vinho? Nada mal. Sei o que vai me responder. Se Philippe for absolvido, o inquérito recomeçará, já que a justiça não tem mais um culpado.

Cageot levantou com discrição a cabeça, interessado no que se seguiria. No mesmo momento, Maigret ficou de repente corado, por causa de um pensamento que lhe atravessou o espírito.

O que aconteceria se, naquela mesma hora, Eugène, o marselhês, o dono da tabacaria ou um outro qualquer, chamasse Cageot pelo telefone? Era uma coisa possível e até mesmo provável. Na véspera, todo o bando fora reunido no Quai des Orfèvres, e uma certa inquietação devia reinar entre seus membros. Não tinha Cageot o hábito de dar ordens e de receber relatórios por telefone?

Ora, no momento o telefone não funcionava e haveria de continuar assim durante longos minutos, talvez durante uma hora.

Se Maigret havia colocado o chapéu em cima da mesa, foi para que, do seu lugar, seu interlocutor não pudesse ver a base do aparelho. E, ao pegar a todo momento os fósforos, ele introduzira sob o receptor a rodela de madeira que serrara de manhã.

Ou seja, a comunicação estava grampeada. Na Central, Lucas estava a postos, com dois estenógrafos que serviriam de testemunhas.

– Compreendo que você precisa de um culpado – murmurou o comissário, olhando o tapete.

O que aconteceria se Eugène, por exemplo, tentasse telefonar e não conseguisse? Inquieto, ele viria até o local. Seria preciso recomeçar tudo outra vez. Ou melhor, seria impossível recomeçar, pois Cageot estaria então prevenido.

– Não é difícil – prosseguiu, tentando conservar uma voz uniforme. – Basta encontrar um rapaz qualquer que tenha mais ou menos o mesmo perfil que meu sobrinho.

Isso não falta em Montmartre. E há certamente um que você não se incomodaria de ver na prisão. Dois ou três testemunhos e a coisa está resolvida.

Maigret estava com tanto calor que tirou o sobretudo e o colocou no encosto de uma cadeira.

– Permite?

– Poderíamos abrir a janela – propôs Cageot.

De jeito nenhum! Com o ruído da rua, os estenógrafos, na outra ponta da linha, poderiam perder a metade das frases pronunciadas.

– Eu lhe agradeço, mas é minha gripe que me faz suar. O ar frio seria pior ainda. Eu dizia...

Ele esvaziou o copo e encheu um novo cachimbo.

– Pelo menos a fumaça não o incomoda?

Continuava a se ouvir a faxineira indo de um lado a outro, mas às vezes o ruído parava e Marthe devia estar à escuta.

– Seria suficiente que me indicasse uma soma. O que isso vale, uma operação como essa?

– A prisão! – retrucou com firmeza Cageot.

Maigret sorriu, mas ele começava a duvidar da sua tática.

– Nesse caso, se tem medo, proponha um outro arranjo.

– Não tenho necessidade de arranjo! A polícia prendeu um homem que ela acusa de ter matado Pepito. O problema é dela. De tempos em tempos, é verdade, presto pequenos serviços à Rue des Saussaies e ao Quai des Orfèvres. Mas nesse caso não sei de nada. Sinto muito por você...

Ele manifestava a intenção de levantar-se para pôr fim à conversa. Era preciso encontrar outra coisa de imediato.

– Quer que eu lhe diga o que vai acontecer? – articulou lentamente Maigret.

Deu um tempo e deixou cair, sílaba após sílaba:

– Antes de dois dias, será obrigado a matar seu coleguinha Audiat.

O golpe foi certeiro. Cageot evitou olhar seu companheiro, que prosseguiu para não perder a vantagem.

– Sabe tão bem quanto eu! Audiat é um garoto. Além disso, suspeito que usa entorpecentes, o que o torna impressionável. Desde que sente que estou atrás dele, vem cometendo gafes, entra em pânico e, há duas noites, no meu quarto, já abriu a boca. Era tão previsto que você foi até a entrada da Polícia Judiciária para impedi-lo de repetir o que ele me disse. Porém, se conseguiu isso uma vez, não conseguirá sempre. A noite passada, Audiat embriagou-se em todos os botecos. Recomeçará esta noite, mas tendo sempre alguém no seu encalço...

Cageot estava rigorosamente imóvel, com os olhos fixos na parede cor de romã. Contudo, disse com uma voz natural:

– Continue.

– É necessário? Como fará para eliminar um homem vigiado noite e dia pela polícia? Se não o matar, Audiat falará. É matemático! E, se o matar, você será preso, pois é difícil cometer um crime e escapar em tais condições.

O raio de sol que atravessava a vidraça suja chegava até a mesa e, em pouco minutos, atingiria o telefone.

Maigret tragava o cachimbo com uma certa precipitação.

– O que responde a isso?

Sem elevar a voz, Cageot falou:

– Marthe! Feche a porta.

Ela o fez, resmungando. Então Cageot baixou o tom, a tal ponto que Maigret se perguntou se a voz alcançaria o telefone.

– E se Audiat já estivesse morto?

Nenhum traço do rosto se mexeu enquanto ele pronunciou essa frase. Maigret lembrou-se de sua conversa com Lucas no Chope du Pont-Neuf. Ele não havia dito que Audiat, seguido por um inspetor, voltara a seu hotel na Rue Lepic por volta de uma da madrugada? E o inspetor devia ter vigiado o hotel durante o resto da noite.

Com a mão pousada sobre o marroquim da escrivaninha a poucos centímetros do revólver, Cageot continuou:

– Está vendo que suas propostas não se sustentam. Eu achava que teria a me propor algo mais do que isso.

E acrescentou, enquanto Maigret se imobilizava de pavor:

– Se quiser saber mais, pode telefonar à delegacia do 18º arrondissement.

Ele poderia, ao dizer isso, estender a mão até o receptor, pegá-lo e passá-lo a Maigret. Mas não o fez, e o comissário, respirando de novo, apressou-se a dizer:

– Acredito em você. Mas ainda não acabei de esvaziar minha sacola.

Ele não sabia o que ia dizer, porém era preciso ainda continuar. Era preciso, custasse o que custasse, levar Cageot a pronunciar certas palavras que ele parecia querer evitar como a peste.

Até então, ele não havia uma única vez negado o crime. Mas também não havia pronunciado uma frase, uma palavra que pudesse ser considerada como uma confissão formal.

Maigret imaginava Lucas impaciente, com o aparelho de escuta no ouvido, o pobre Lucas passando por fases de esperança e de desânimo, dizendo aos estenógrafos:

– Não vale a pena anotar isso.

E se Eugène ou um outro telefonasse?

– Tem certeza de que o que quer me dizer vale a pena? – insistiu Cageot. – Está na hora de eu me vestir.

– Peço-lhe mais cinco minutos.

Maigret serviu-se mais um copo e levantou-se como um homem muito entusiasmado que vai fazer um discurso.

CAPÍTULO X

CAGEOT NÃO FUMAVA, não se mexia, não tinha nenhum tique que pudesse servir de válvula de escape a seu nervosismo.

Maigret ainda não se dera conta de que era precisamente a imobilidade do seu interlocutor que o incomodava, mas ele compreendeu quando o viu estender a mão em direção a uma caixa de confeitos, em cima da mesa, e pegar uma bala de amêndoa.

Era pouca coisa, mas os olhos do comissário cintilaram como se ele tivesse descoberto o furo na couraça. Cageot, que não fumava, nem bebia, nem frequentava mulheres, comia doces, chupava uma bala de amêndoa fazendo-a passar lentamente de um lado a outro da boca!

– Eu poderia dizer que estamos entre profissionais – articulou enfim Maigret. – E é como profissional que vou lhe dizer por que razão, fatalmente, você acabará preso.

A bala se movimentou mais na boca.

– Vejamos o primeiro assassinato. Falo do primeiro da série, pois é possível que tenha outros no seu ativo.

Será que o advogado em cujo escritório você trabalhou como escrivão não morreu envenenado?

– Isso não foi provado – disse simplesmente Cageot.

Ele buscava saber onde Maigret queria chegar e, por sua vez, o espírito do comissário trabalhava a todo vapor.

– Pouco importa! O fato é que há três semanas você decidiu eliminar Barnabé. Pelo que pude compreender, Barnabé fazia a ligação entre Paris e Marselha, isto é, entre você e os africanos do Norte que trazem a droga por barco. Suponho que Barnabé quis ficar com uma porção grande demais. Ele é convidado a subir no carro. É noite. De repente, Barnabé sente uma faca que lhe entra nas costas e alguns instantes depois seu corpo é jogado na calçada. Percebe o erro?

Maigret foi pegar os fósforos para se certificar de que a rodela de madeira continuava no lugar. Ao mesmo tempo, quis ocultar uma ponta de sorriso que não podia controlar, pois Cageot refletia, buscava realmente o erro, como um estudante consciencioso.

– Eu lhe direi daqui a pouco – prometeu Maigret, interrompendo suas reflexões. – Por ora, continuo. A polícia, não sei por que azar, está na pista de Pepito. Como a mercadoria está no Floria e o Floria está sendo vigiado, a situação é perigosa. Pepito sente que vai ser pego. Ele ameaça abrir a boca se você não o salvar. Você o liquida com um tiro de revólver quando ele julga estar sozinho no cabaré vazio. Aqui, nenhum erro.

Cageot levantou a cabeça, e a bala de amêndoa permaneceu suspensa sobre a língua.

– Nenhum erro até aquele momento. Começa a compreender? Mas você percebe que há um policial na boate e sai. Não resiste ao desejo de pegar o policial numa armadilha. À primeira vista, parece uma ideia genial. Mas é um erro, o segundo.

Maigret estava no caminho certo; era preciso apenas continuar, sem precipitar nada. Cageot escutava, refletia, enquanto a inquietação começava a minar sua calma.

– Terceiro assassinato, o de Audiat, que também ia falar. A polícia o vigia. A faca e o revólver são impossíveis. Aposto que Audiat tinha o hábito de beber durante a noite. Dessa vez, ele beberá ainda mais porque está bêbado e não voltará a despertar porque a água da garrafa estava envenenada. Terceiro erro.

Maigret arriscava tudo ou nada, mas estava seguro de si. As coisas não podiam ter acontecido de outro modo.

– Estou esperando os três erros – pronunciou enfim Cageot, estendendo a mão para a caixa de confeitos.

E o comissário imaginou o hotel da Rue Lepic, habitado sobretudo por músicos, dançarinos de boate, prostitutas.

– No caso de Audiat, o erro é que alguém pôs o veneno na garrafa!

Cageot não compreendeu, colocando na boca mais uma bala; havia no ar um leve cheiro açucarado de baunilha.

– No caso de Barnabé – prosseguiu Maigret, servindo-se mais um copo de vinho –, você estava acompanhado de pelo menos duas pessoas: Pepito e quem conduzia o carro, certamente Eugène. E é Pepito que, em seguida, ameaça trair.

"Está me acompanhando? Consequência: a necessidade de eliminar Pepito. Você mesmo se ocupa de dar o tiro. Mas, com refinamento, vai procurar então Audiat, encarregado de esbarrar no inspetor. O que acontece automaticamente? Eugène, Louis, o dono da tabacaria, um jogador de bisca chamado Colin e Audiat estão envolvidos.

"Mas Audiat fraqueja. E você é obrigado a acabar com ele!

"Só que, ontem à tarde, não foi você mesmo que esteve na Rue Lepic. Deve ter se utilizado de um hóspede do hotel a quem telefonou.

"Mais um cúmplice, um homem que pode vir a falar!

"Está percebendo desta vez?"

Cageot continuava refletindo. O sol atingia o receptor niquelado do telefone. O prazo esgotava-se. A multidão era cada vez maior em volta das carroças de feirantes e o rumor da rua penetrava no apartamento apesar das janelas fechadas.

– Que você é forte, não há dúvida. Mas então por que se envolver, a cada vez, com cúmplices inúteis, capazes de traí-lo? Poderia sem dificuldade, em qualquer lugar, matar Barnabé e ninguém desconfiaria de você. Não precisava de Audiat para liquidar Pepito. E ontem, quando não estava sendo vigiado, poderia você mesmo ter ido à Rue Lepic. Nesses hotéis, onde não há porteiro, as pessoas entram e saem com a maior facilidade.

Às vezes, ouviam-se passos na escada, e Maigret precisava fazer um esforço para parecer calmo e para continuar seu discurso como se nada mais houvesse.

– Nesse momento, cinco pessoas pelo menos podem comprometê-lo. E nunca cinco pessoas conservaram por muito tempo um segredo desse tipo.

– Não dei a facada em Barnabé – disse lentamente Cageot, que estava mais pálido do que nunca.

Maigret aproveitou a oportunidade, afirmando com segurança:

– Eu sei!

O outro olhou-o com surpresa e franziu as pálpebras.

– Uma facada é mais coisa de um italiano, como Pepito.

Era preciso só um pequeno esforço a mais, porém nesse momento a faxineira abriu a porta e Maigret acreditou que o edifício desabava.

– Vou fazer as compras – ela anunciou. – O que trago de legumes?

– O que quiser.

– Tem dinheiro?

Cageot pegou um porta-moedas sólido, antigo, com fecho de metal, um verdadeiro porta-moedas de avarento. Escolheu duas moedas de dez francos. A garrafa de vinho estava vazia em cima da mesa e ele a estendeu à empregada.

– Tome! Traga mais uma. Você tem o tíquete.

O espírito dele, porém, estava em outra parte. Marthe saiu sem fechar a porta, mas ela fechou a da entrada. Ouvia-se o murmúrio da água que fervia no fogão da cozinha.

Maigret seguira com o olhar todos os gestos do interlocutor, esquecendo o aparelho telefônico e os estenógrafos emboscados na outra ponta da linha. Algo se desencadeara dentro dele, mas não saberia dizer em que momento exato. Havia falado muito, sem pensar atentamente no que dizia, e seu raciocínio improvisado o levara a poucos milímetros da verdade.

E havia também as balas de amêndoa, o porta-moedas e inclusive a palavra legume.

– Aposto que está de regime.

– Há vinte anos.

Cageot não falava mais como quem quer mandar embora seu visitante. Parecia mesmo ter necessidade dele. Ao ver seu copo vazio, ele falou:

– Marthe vai trazer vinho. Nunca há mais que uma garrafa na casa.

– Eu sei.

– Como sabe?

Porque isso estava de acordo com o resto, ora! Porque agora Cageot deixava de ser para Maigret um adversário qualquer e tornava-se um homem. Ele conhecia esse homem mais a cada segundo, sentia-o viver, respirar, pensar, temer e esperar, ouvia o ruído irritante da bala contra os dentes.

O cenário também se animava, a mesa, os móveis, os quadros, adocicados como as balas que ele chupava.

– Sabe o que penso, Cageot?

Essa frase não era uma frase no ar, mas dava continuidade a uma longa série de pensamentos.

– Estou me perguntando se você realmente matou Pepito. Neste instante, tenho quase certeza do contrário.

O tom não era mais o mesmo que no discurso precedente. Maigret se animava, inclinando-se à frente para ver Cageot mais de perto.

– Vou lhe dizer por que penso assim. Se você mesmo fosse capaz de matar Pepito com um tiro de revólver, não precisaria de ninguém para eliminar Barnabé e Audiat. A verdade é que você tem medo.

Os lábios de Cageot estavam secos. No entanto, ele tentou sorrir com ironia.

– Ouse me dizer que já matou um frango ou um coelho! Ouse me dizer que é capaz de olhar o sangue correr!

Maigret não duvidava mais. Ele havia compreendido e avançava com firmeza à frente.

– Entendamo-nos! Você tem medo de matar com as próprias mãos, mas não se importa nem um pouco em eliminar alguém. Pelo contrário. Tem medo de matar, medo de morrer, mas isso o faz ordenar homicídios com mais furor ainda. Não é verdade, Cageot?

Na voz de Maigret não havia ódio nem piedade. Ele estudava Cageot com a mesma paixão que tinha por tudo o que era humano. E o Notário, naquele momento, era terrivelmente humano para ele. Até mesmo o ofício de escrivão de advogado, que tivera na juventude, parecia providencial.

Cageot era, havia sido sempre, um homem encerrado em si mesmo. Completamente só, de olhos fechados, ele devia arquitetar planos maravilhosos, planos de todo tipo, tanto financeiros quanto criminosos ou eróticos.

Nunca fora visto com mulheres? Ora! As mulheres não eram capazes de realizar suas fantasias exacerbadas!

Cageot fechara-se nele mesmo, na toca impregnada de seus pensamentos, de seus sonhos, de seu cheiro.

E quando, pela janela, olhava a rua ensolarada onde a multidão fervilhava diante das vitrines, onde os ônibus passavam repletos de vidas, seu desejo não era o de misturar-se à massa viva das ruas, mas o de utilizá-la para seus planos engenhosos.

– Você é um cagão, Cageot! – trovejou a voz de Maigret. – Um cagão como todos aqueles que vivem apenas por seu cérebro. Vende mulheres, cocaína, sabe-se lá o que mais ainda, pois o imagino capaz de tudo. Mas ao mesmo tempo tornou-se informante da polícia!

Os olhos cinzentos de Cageot não abandonavam Maigret, que não podia mais parar.

– Você mandou Pepito matar Barnabé. E vou lhe dizer quem você mandou matar Pepito. Há no seu bando um belo rapaz que é jovem, que tem tudo a seu favor, as mulheres, o dinheiro, o sucesso, a desenvoltura e uma ausência total de consciência.

"Ouse afirmar que, na noite da morte de Pepito, não estava no Tabac Fontaine. Havia ali o dono da tabacaria, um sujeitinho chamado Colin que é ainda mais covarde que você, Audiat, o marselhês e finalmente Eugène.

"Foi Eugène que você enviou ao Floria. Quando, feito o trabalho, ele voltou e lhe anunciou que havia alguém na boate, o escolhido dessa vez foi Audiat.

– E daí? – pronunciou Cageot. – De que lhe serve tudo isso?

Ele apoiou as duas mãos nos braços da poltrona como se quisesse levantar-se. Tinha a cabeça um pouco à frente, num movimento de desafio.

– De que me serve? Para lhe provar que o pegarei, justamente porque você é um covarde e porque se envolveu com gente demais.

– Garanto-lhe que nunca me pegará.

Havia no seu rosto um sorriso sem alegria. As pupilas haviam se contraído. Ele acrescentou, falando devagar:

– A polícia nunca teve um homem inteligente! Você falou há pouco de envenenamento. Já que foi da "casa", certamente poderá me dizer quantos casos de envenenamento se descobrem por ano em Paris!

Maigret não teve tempo de responder.

– Nenhum! Está entendendo? E você não é bastante ingênuo para saber que, em quatro milhões de habitantes, alguns sucumbem a uma forte dose de arsênico ou de estricnina!

Ele enfim se levantou. Era o gesto que Maigret havia muito esperava, era o desafogo após um longo esforço e o desafogo se traduzia fatalmente por palavras.

– Hoje mesmo eu poderia ter eliminado você. Pensei nisso. Bastava envenenar o seu vinho. Note que a garrafa já não está mais na casa. Só me resta lavar o copo. Você sai daqui e vai morrer em outro canto...

Maigret teve uma dúvida, mas durou apenas uma fração de segundo.

– Tem razão. Não matei Barnabé. Não matei Pepito. Não matei sequer aquele imbecil do Audiat!

Cageot, com a caixa de balas na mão, falava baixo e de forma continuada. A observá-lo bem, parecia ridículo, com o robe curto demais e os cabelos despenteados que lhe formavam uma estranha auréola. Não fosse o telefone, o comissário teria aberto a janela para escapar daquela atmosfera opressiva e fechada.

– O que lhe digo não tem importância alguma, já que não está mais habilitado e não há testemunhas.

Como se lhe ocorresse uma dúvida, ele olhou o corredor, inclusive abriu por um instante seu quarto de dormir.

– Veja, o que não compreendeu é que eles não me trairão, mesmo se quisessem, porque legalmente são mais culpados do que eu! Eugène matou. Foi Louis quem forneceu o revólver e a chave do Floria. E sabe o que poderia acontecer se Eugène bancasse o esperto? Numa dessas noites, durante uma partida de bisca, o tal sujeitinho Colin, como você disse, aquele aborto meio surdo e meio gago, seria encarregado de pôr alguma coisa no copo dele. Garanto-lhe que não há a menor necessidade, como disse, de saber degolar um frango.

Maigret dirigiu-se até a mesa para pegar o chapéu e os fósforos. Seus joelhos estavam ligeiramente trêmulos. O jogo terminara; ele havia atingido o objetivo! Só lhe restava sair. O inspetor que esperava na rua tinha no bolso um mandado de captura. No Quai des Orfèvres, deviam estar esperando notícias e fazendo prognósticos.

Havia duas horas que Maigret estava ali. Eugène, com um pijama de seda, talvez tomasse um tardio café da manhã acompanhado de Fernande. E por onde andaria, por sua vez, a brava mamãe de Philippe?

Ouviram-se passos na escada, alguém bateu com força à porta. Cageot fixou Maigret nos olhos, depois olhou o revólver que havia ficado em cima da mesa.

Enquanto ele foi abrir, o comissário pôs a mão no bolso onde estava seu revólver e ficou plantado no meio da peça.

– O que está havendo? – disse, na entrada, a voz de Eugène.

Os dois homens logo chegaram à porta do escritório. Havia outros passos atrás deles, os de Fernande, que olhou para Maigret com surpresa.

– O que é que...? – repetiu Eugène.

Nesse momento, porém, um táxi deteve-se bruscamente diante do prédio, fazendo ranger os freios.

Eugène correu até a janela.

Os policiais que vigiavam o domicílio de Fernande e que haviam seguido o casal saltaram na calçada.

Cageot não se mexia. Com o revólver na mão, ele refletia.

– O que veio fazer?

Dirigia-se a Eugène, mas este falou ao mesmo tempo em que ele.

– Telefonei quatro vezes e...

Maigret recuou lentamente de modo a ficar com as costas junto à parede.

À palavra telefone, Cageot lançou um olhar ao aparelho. No mesmo instante, ressoou uma detonação, um cheiro de pólvora queimada encheu a peça e uma nuvem azulada se espalhou na claridade do sol.

Maigret havia atirado e a bala atingira a mão de Cageot, cujo revólver caiu no chão.

– Não se mexa! – disse o comissário, que continuava apontando a arma diante dele.

Cageot ficou imóvel. Tendo ainda na boca uma bala de amêndoa que lhe deformava a bochecha esquerda, ele não ousava fazer um movimento.

Pessoas subiam a escada.

– Vá abrir, Fernande! – ordenou Maigret.

Ela procurou o olhar de Eugène para saber se devia obedecer, mas seu amante fixava obstinadamente o assoalho. Resignada, ela atravessou o vestíbulo, retirou a corrente e girou a chave na fechadura.

Pingavam gotas de sangue da mão de Cageot. Cada gota fazia um leve ruído ao cair no tapete, onde crescia uma mancha avermelhada.

De repente, antes que Maigret pudesse intervir, Eugène correu em direção à janela, abriu-a, quebrando uma vidraça, e pulou no vazio.

Gritos se elevaram na rua. Eugène havia caído sobre o teto do táxi parado, dali saltara ao chão e saíra correndo em direção à Rue des Dames.

No mesmo momento, dois inspetores surgiram na moldura da porta.

– O que houve? – eles perguntaram a Maigret.

– Nada. Podem prender Cageot, contra quem há um mandado de captura. Há colegas de vocês lá embaixo?

– Não.

Fernande, sem compreender nada, olhava atônita a janela aberta.

– Então ele vai correr por muito tempo!

Enquanto falava, Maigret retirou a rodela de madeira do telefone e a pôs no bolso. Teve a sensação de que algo tinha acontecido a Cageot, mas não era grave. Ele simplesmente amolecera e caíra sobre o tapete, ficando inerte.

Havia desmaiado, certamente por ouvir seu sangue pingar gota a gota.

– Esperem até que recupere os sentidos. Se precisarem, chamem um médico. O telefone já está funcionando.

Maigret empurrou Fernande até a escada e a fez descer à sua frente. Havia muitas pessoas diante do prédio. Um gendarme tentava passar.

O comissário conseguiu esgueirar-se no meio da multidão e caminhou com Fernande até a frente de um açougue na esquina.

– Está mesmo apaixonada? – perguntou.

E notou então que ela usava um casaco de pele novo. Ele o apalpou.

– Presente dele?

– Sim, hoje de manhã.

– Diga, sabe que foi ele quem matou Pepito?

– Ah!

Ela ficou impassível. Sorriu.

– Ele contou a você?

Ela se limitou a bater os cílios.

– Quando?

– Hoje de manhã.

E acrescentou, de repente grave, como uma mulher que acredita ter encontrado o grande amor:

– Você não o pegará!

E tinha razão. Um mês mais tarde, ela se encontraria com Eugène em Istambul, onde ele abrira uma casa noturna na rua principal de Pera.

Quanto a Cageot, ele é o responsável pela contabilidade na prisão.

A sra. Lauer escreveu à irmã:

Conforme me pediu, escreveu a sra. Lauer à irmã, envio-lhe sem demora seis mudas de ameixeira, tais como temos em nosso jardim. Acho que elas se adaptarão bem no Loire. Mas você deveria dizer a seu marido que, em minha opinião, ele deveria cuidar melhor do seu pomar.

Philippe está muito bem desde que voltou para casa. É um bom rapaz, que quase não sai. Sua paixão, à noite, é fazer palavras cruzadas. Mas nos últimos dias o tenho visto rondando a casa dos Scheffer (os da usina de gás) e acho que a coisa vai acabar em casamento.

Diga a seu marido que ontem estreou aqui a peça que vimos juntos no Palais-Royal. Mas ela me agradou menos do que em Paris...

Maigret voltava para casa com suas botas de borracha e três lúcios pendurados nos anzóis.

– Sinto muito, mas não comeremos esses peixes! – observou sua mulher.

– Evidentemente que não.

Disse isso de uma forma tão curiosa que ela levantou a cabeça para olhá-lo. Mas ele já entrava no depósito para guardar as linhas e retirar as botas.

– Se tivéssemos de comer tudo o que matamos!

A frase havia se formado sozinha em seu espírito, junto com uma imagem bizarra, a de um Cageot pálido e perplexo diante dos cadáveres de Pepito e Audiat. Aquilo não lhe dava a menor vontade de sorrir.

– Que sopa fez hoje? – gritou, sentando-se sobre uma caixa.

– De tomates.

– Ótimo!

E as botas caíram uma após a outra no chão de terra batida, ao mesmo tempo em que ele soltava um suspiro de alívio.

Coleção **L&PM** POCKET (LANÇAMENTOS MAIS RECENTES)

449.**À paz perpétua** – Immanuel Kant
450.**A conquista do México** – Hernan Cortez
451.**Defeitos escolhidos e 2000** – Pablo Neruda
452.**O casamento do céu e do inferno** – William Blake
453.**A primeira viagem ao redor do mundo** – Antonio Pigafetta
454(14).**Uma sombra na janela** – Simenon
455(15).**A noite da encruzilhada** – Simenon
456(16).**A velha senhora** – Simenon
457.**Sartre** – Annie Cohen-Solal
458.**Discurso do método** – René Descartes
459.**Garfield em grande forma (1)** – Jim Davis
460.**Garfield está de dieta** (2) – Jim Davis
461.**O livro das feras** – Patricia Highsmith
462.**Viajante solitário** – Jack Kerouac
463.**Auto da barca do inferno** – Gil Vicente
464.**O livro vermelho dos pensamentos de Millôr** – Millôr Fernandes
465.**O livro dos abraços** – Eduardo Galeano
466.**Voltaremos!** – José Antonio Pinheiro Machado
467.**Rango** – Edgar Vasques
468(8).**Dieta mediterrânea** – Dr. Fernando Lucchese e José Antonio Pinheiro Machado
469.**Radicci 5** – Iotti
470.**Pequenos pássaros** – Anaïs Nin
471.**Guia prático do Português correto – vol.3** – Cláudio Moreno
472.**Atire no pianista** – David Goodis
473.**Antologia Poética** – García Lorca
474.**Alexandre e César** – Plutarco
475.**Uma espiã na casa do amor** – Anaïs Nin
476.**A gorda do Tiki Bar** – Dalton Trevisan
477.**Garfield um gato de peso (3)** – Jim Davis
478.**Canibais** – David Coimbra
479.**A arte de escrever** – Arthur Schopenhauer
480.**Pinóquio** – Carlo Collodi
481.**Misto-quente** – Bukowski
482.**A lua na sarjeta** – David Goodis
483.**O melhor do Recruta Zero (1)** – Mort Walker
484.**Aline: TPM – tensão pré-monstrual (2)** – Adão Iturrusgarai
485.**Sermões do Padre Antonio Vieira**
486.**Garfield numa boa (4)** – Jim Davis
487.**Mensagem** – Fernando Pessoa
488.**Vendeta** *seguido de* **A paz conjugal** – Balzac
489.**Poemas de Alberto Caeiro** – Fernando Pessoa
490.**Ferragus** – Honoré de Balzac
491.**A duquesa de Langeais** – Honoré de Balzac
492.**A menina dos olhos de ouro** – Honoré de Balzac
493.**O lírio do vale** – Honoré de Balzac
494(17).**A barcaça da morte** – Simenon
495(18).**As testemunhas rebeldes** – Simenon
496(19).**Um engano de Maigret** – Simenon
497(1).**A noite das bruxas** – Agatha Christie
498(2).**Um passe de mágica** – Agatha Christie
499(3).**Nêmesis** – Agatha Christie
500.**Esboço para uma teoria das emoções** – Sartre
501.**Renda básica de cidadania** – Eduardo Suplicy
502(1).**Pílulas para viver melhor** – Dr. Lucchese
503(2).**Pílulas para prolongar a juventude** – Dr. Lucchese
504(3).**Desembarcando o diabetes** – Dr. Lucchese
505(4).**Desembarcando o sedentarismo** – Dr. Fernando Lucchese e Cláudio Castro
506(5).**Desembarcando a hipertensão** – Dr. Lucchese
507(6).**Desembarcando o colesterol** – Dr. Fernando Lucchese e Fernanda Lucchese
508.**Estudos de mulher** – Balzac
509.**O terceiro tira** – Flann O'Brien
510.**100 receitas de aves e ovos** – J. A. P. Machado
511.**Garfield em toneladas de diversão** (5) – Jim Davis
512.**Trem-bala** – Martha Medeiros
513.**Os cães ladram** – Truman Capote
514.**O Kama Sutra de Vatsyayana**
515.**O crime do Padre Amaro** – Eça de Queiroz
516.**Odes de Ricardo Reis** – Fernando Pessoa
517.**O inverno da nossa desesperança** – Steinbeck
518.**Piratas do Tietê (1)** – Laerte
519.**Rê Bordosa: do começo ao fim** – Angeli
520.**O Harlem é escuro** – Chester Himes
521.**Café-da-manhã dos campeões** – Kurt Vonnegut
522.**Eugénie Grandet** – Balzac
523.**O último magnata** – F. Scott Fitzgerald
524.**Carol** – Patricia Highsmith
525.**100 receitas de patisseria** – Sílvio Lancellotti
526.**O fator humano** – Graham Greene
527.**Tristessa** – Jack Kerouac
528.**O diamante do tamanho do Ritz** – Scott Fitzgerald
529.**As melhores histórias de Sherlock Holmes** – Arthur Conan Doyle
530.**Cartas a um jovem poeta** – Rilke
531(20).**Memórias de Maigret** – Simenon
532(4).**O misterioso sr. Quin** – Agatha Christie
533.**Os analectos** – Confúcio
534(21).**Maigret e os homens de bem** – Simenon
535(22).**O medo de Maigret** – Simenon
536.**Ascensão e queda de César Birotteau** – Balzac
537.**Sexta-feira negra** – David Goodis
538.**Ora bolas – O humor de Mario Quintana** – Juarez Fonseca
539.**Longe daqui aqui mesmo** – Antonio Bivar
540(5).**É fácil matar** – Agatha Christie
541.**O pai Goriot** – Balzac
542.**Brasil, um país do futuro** – Stefan Zweig
543.**O processo** – Kafka
544.**O melhor de Hagar 4** – Dik Browne
545(6).**Por que não pediram a Evans?** – Agatha Christie
546.**Fanny Hill** – John Cleland
547.**O gato por dentro** – William S. Burroughs
548.**Sobre a brevidade da vida** – Sêneca
549.**Geraldão (1)** – Glauco
550.**Piratas do Tietê (2)** – Laerte
551.**Pagando o pato** – Ciça
552.**Garfield de bom humor (6)** – Jim Davis
553.**Conhece o Mário?** vol.1 – Santiago

554.**Radicci 6** – Iotti
555.**Os subterrâneos** – Jack Kerouac
556(1).**Balzac** – François Taillandier
557(2).**Modigliani** – Christian Parisot
558(3).**Kafka** – Gérard-Georges Lemaire
559(4).**Júlio César** – Joël Schmidt
560.**Receitas da família** – J. A. Pinheiro Machado
561.**Boas maneiras à mesa** – Celia Ribeiro
562(9).**Filhos sadios, pais felizes** – R. Pagnoncelli
563(10).**Fatos & mitos** – Dr. Fernando Lucchese
564.**Ménage à trois** – Paula Taitelbaum
565.**Mulheres!** – David Coimbra
566.**Poemas de Álvaro de Campos** – Fernando Pessoa
567.**Medo e outras histórias** – Stefan Zweig
568.**Snoopy e sua turma (1)** – Schulz
569.**Piadas para sempre (1)** – Visconde da Casa Verde
570.**O alvo móvel** – Ross Macdonald
571.**O melhor do Recruta Zero (2)** – Mort Walker
572.**Um sonho americano** – Norman Mailer
573.**Os broncos também amam** – Angeli
574.**Crônica de um amor louco** – Bukowski
575(5).**Freud** – René Major e Chantal Talagrand
576(6).**Picasso** – Gilles Plazy
577(7).**Gandhi** – Christine Jordis
578.**A tumba** – H. P. Lovecraft
579.**O príncipe e o mendigo** – Mark Twain
580.**Garfield, um charme de gato (7)** – Jim Davis
581.**Ilusões perdidas** – Balzac
582.**Esplendores e misérias das cortesãs** – Balzac
583.**Walter Ego** – Angeli
584.**Striptiras (1)** – Laerte
585.**Fagundes: um puxa-saco de mão cheia** – Laerte
586.**Depois do último trem** – Josué Guimarães
587.**Ricardo III** – Shakespeare
588.**Dona Anja** – Josué Guimarães
589.**24 horas na vida de uma mulher** – Stefan Zweig
590.**O terceiro homem** – Graham Greene
591.**Mulher no escuro** – Dashiell Hammett
592.**No que acredito** – Bertrand Russell
593.**Odisséia (1): Telemaquia** – Homero
594.**O cavalo cego** – Josué Guimarães
595.**Henrique V** – Shakespeare
596.**Fabulário geral do delírio cotidiano** – Bukowski
597.**Tiros na noite 1: A mulher do bandido** – Dashiell Hammett
598.**Snoopy em Feliz Dia dos Namorados! (2)** – Schulz
599.**Mas não se matam cavalos?** – Horace McCoy
600.**Crime e castigo** – Dostoiévski
601(7).**Mistério no Caribe** – Agatha Christie
602.**Odisséia (2): Regresso** – Homero
603.**Piadas para sempre (2)** – Visconde da Casa Verde
604.**À sombra do vulcão** – Malcolm Lowry
605(8).**Kerouac** – Yves Buin
606.**E agora são cinzas** – Angeli
607.**As mil e uma noites** – Paulo Caruso
608.**Um assassino entre nós** – Ruth Rendell
609.**Crack-up** – F. Scott Fitzgerald
610.**Do amor** – Stendhal
611.**Cartas do Yage** – William Burroughs e Allen Ginsberg
612.**Striptiras (2)** – Laerte
613.**Henry & June** – Anaïs Nin
614.**A piscina mortal** – Ross Macdonald
615.**Geraldão (2)** – Glauco
616.**Tempo de delicadeza** – A. R. de Sant'Anna
617.**Tiros na noite 2: Medo de tiro** – Dashiell Hammett
618.**Snoopy em Assim é a vida, Charlie Brown! (3)** – Schulz
619.**1954 – Um tiro no coração** – Hélio Silva
620.**Sobre a inspiração poética (Íon)** e ... – Platão
621.**Garfield e seus amigos (8)** – Jim Davis
622.**Odisséia (3): Ítaca** – Homero
623.**A louca matança** – Chester Himes
624.**Factótum** – Bukowski
625.**Guerra e Paz: volume 1** – Tolstói
626.**Guerra e Paz: volume 2** – Tolstói
627.**Guerra e Paz: volume 3** – Tolstói
628.**Guerra e Paz: volume 4** – Tolstói
629(9).**Shakespeare** – Claude Mourthé
630.**Bem está o que bem acaba** – Shakespeare
631.**O contrato social** – Rousseau
632.**Geração Beat** – Jack Kerouac
633.**Snoopy: É Natal! (4)** – Charles Schulz
634(8).**Testemunha da acusação** – Agatha Christie
635.**Um elefante no caos** – Millôr Fernandes
636.**Guia de leitura (100 autores que você precisa ler)** – Organização de Léa Masina
637.**Pistoleiros também mandam flores** – David Coimbra
638.**O prazer das palavras** – vol. 1 – Cláudio Moreno
639.**O prazer das palavras** – vol. 2 – Cláudio Moreno
640.**Novíssimo testamento: com Deus e o diabo, a dupla da criação** – Iotti
641.**Literatura Brasileira: modos de usar** – Luís Augusto Fischer
642.**Dicionário de Porto-Alegrês** – Luís A. Fischer
643.**Clô Dias & Noites** – Sérgio Jockymann
644.**Memorial de Isla Negra** – Pablo Neruda
645.**Um homem extraordinário e outras histórias** – Tchékhov
646.**Ana sem terra** – Alcy Cheuiche
647.**Adultérios** – Woody Allen
648.**Para sempre ou nunca mais** – R. Chandler
649.**Nosso homem em Havana** – Graham Greene
650.**Dicionário Caldas Aulete de Bolso**
651.**Snoopy: Posso fazer uma pergunta, professora? (5)** – Charles Schulz
652(10).**Luís XVI** – Bernard Vincent
653.**O mercador de Veneza** – Shakespeare
654.**Cancioneiro** – Fernando Pessoa
655.**Non-Stop** – Martha Medeiros
656.**Carpinteiros, levantem bem alto a cumeeira & Seymour, uma apresentação** – J.D.Salinger
657.**Ensaios céticos** – Bertrand Russell
658.**O melhor de Hagar 5** – Dik e Chris Browne
659.**Primeiro amor** – Ivan Turguêniev
660.**A trégua** – Mario Benedetti
661.**Um parque de diversões da cabeça** – Lawrence Ferlinghetti

662.**Aprendendo a viver** – Sêneca
663.**Garfield, um gato em apuros (9)** – Jim Davis
664.**Dilbert 1** – Scott Adams
665.**Dicionário de dificuldades** – Domingos Paschoal Cegalla
666.**A imaginação** – Jean-Paul Sartre
667.**O ladrão e os cães** – Naguib Mahfuz
668.**Gramática do português contemporâneo** – Celso Cunha
669.**A volta do parafuso** *seguido de* **Daisy Miller** – Henry James
670.**Notas do subsolo** – Dostoiévski
671.**Abobrinhas da Brasilônia** – Glauco
672.**Geraldão (3)** – Glauco
673.**Piadas para sempre (3)** – Visconde da Casa Verde
674.**Duas viagens ao Brasil** – Hans Staden
675.**Bandeira de bolso** – Manuel Bandeira
676.**A arte da guerra** – Maquiavel
677.**Além do bem e do mal** – Nietzsche
678.**O coronel Chabert** *seguido de* **A mulher abandonada** – Balzac
679.**O sorriso de marfim** – Ross Macdonald
680.**100 receitas de pescados** – Sílvio Lancellotti
681.**O juiz e seu carrasco** – Friedrich Dürrenmatt
682.**Noites brancas** – Dostoiévski
683.**Quadras ao gosto popular** – Fernando Pessoa
684.**Romanceiro da Inconfidência** – Cecília Meireles
685.**Kaos** – Millôr Fernandes
686.**A pele de onagro** – Balzac
687.**As ligações perigosas** – Choderlos de Laclos
688.**Dicionário de matemática** – Luiz Fernandes Cardoso
689.**Os Lusíadas** – Luís Vaz de Camões
690(11).**Átila** – Éric Deschodt
691.**Um jeito tranqüilo de matar** – Chester Himes
692.**A felicidade conjugal** *seguido de* **O diabo** – Tolstói
693.**Viagem de um naturalista ao redor do mundo** – vol. 1 – Charles Darwin
694.**Viagem de um naturalista ao redor do mundo** – vol. 2 – Charles Darwin
695.**Memórias da casa dos mortos** – Dostoiévski
696.**A Celestina** – Fernando de Rojas
697.**Snoopy: Como você é azarado, Charlie Brown! (6)** – Charles Schulz
698.**Dez (quase) amores** – Claudia Tajes
699(9).**Poirot sempre espera** – Agatha Christie
700.**Cecília de bolso** – Cecília Meireles
701.**Apologia de Sócrates** *precedido de* **Êutifron** e *seguido de* **Críton** – Platão
702.**Wood & Stock** – Angeli
703.**Striptiras (3)** – Laerte
704.**Discurso sobre a origem e os fundamentos da desigualdade entre os homens** – Rousseau
705.**Os duelistas** – Joseph Conrad
706.**Dilbert (2)** – Scott Adams
707.**Viver e escrever** (vol. 1) – Edla van Steen
708.**Viver e escrever** (vol. 2) – Edla van Steen
709.**Viver e escrever** (vol. 3) – Edla van Steen
710(10).**A teia da aranha** – Agatha Christie
711.**O banquete** – Platão
712.**Os belos e malditos** – F. Scott Fitzgerald
713.**Libelo contra a arte moderna** – Salvador Dalí
714.**Akropolis** – Valerio Massimo Manfredi
715.**Devoradores de mortos** – Michael Crichton
716.**Sob o sol da Toscana** – Frances Mayes
717.**Batom na cueca** – Nani
718.**Vida dura** – Claudia Tajes
719.**Carne trêmula** – Ruth Rendell
720.**Cris, a fera** – David Coimbra
721.**O anticristo** – Nietzsche
722.**Como um romance** – Daniel Pennac
723.**Emboscada no Forte Bragg** – Tom Wolfe
724.**Assédio sexual** – Michael Crichton
725.**O espírito do Zen** – Alan W.Watts
726.**Um bonde chamado desejo** – Tennessee Williams
727.**Como gostais** *seguido de* **Conto de inverno** – Shakespeare
728.**Tratado sobre a tolerância** – Voltaire
729.**Snoopy: Doces ou travessuras? (7)** – Charles Schulz
730.**Cardápios do Anonymus Gourmet** – J.A. Pinheiro Machado
731.**100 receitas com lata** – J.A. Pinheiro Machado
732.**Conhece o Mário?** vol.2 – Santiago
733.**Dilbert (3)** – Scott Adams
734.**História de um louco amor** *seguido de* **Passado amor** – Horacio Quiroga
735(11).**Sexo: muito prazer** – Laura Meyer da Silva
736(12).**Para entender o adolescente** – Dr. Ronald Pagnoncelli
737(13).**Desembarcando a tristeza** – Dr. Fernando Lucchese
738.**Poirot e o mistério da arca espanhola & outras histórias** – Agatha Christie
739.**A última legião** – Valerio Massimo Manfredi
740.**As virgens suicidas** – Jeffrey Eugenides
741.**Sol nascente** – Michael Crichton
742.**Duzentos ladrões** – Dalton Trevisan
743.**Os devaneios do caminhante solitário** – Rousseau
744.**Garfield, o rei da preguiça (10)** – Jim Davis
745.**Os magnatas** – Charles R. Morris
746.**Pulp** – Charles Bukowski
747.**Enquanto agonizo** – William Faulkner
748.**Aline: viciada em sexo (3)** – Adão Iturrusgarai
749.**A dama do cachorrinho** – Anton Tchékhov
750.**Tito Andrônico** – Shakespeare
751.**Antologia poética** – Anna Akhmátova
752.**O melhor de Hagar 6** – Dik e Chris Browne
753(12).**Michelangelo** – Nadine Sautel
754.**Dilbert (4)** – Scott Adams
755.**O jardim das cerejeiras** *seguido de* **Tio Vânia** – Tchékhov
756.**Geração Beat** – Claudio Willer
757.**Santos Dumont** – Alcy Cheuiche
758.**Budismo** – Claude B. Levenson
759.**Cleópatra** – Christian-Georges Schwentzel
760.**Revolução Francesa** – Frédéric Bluche, Stéphane Rials e Jean Tulard
761.**A crise de 1929** – Bernard Gazier
762.**Sigmund Freud** – Edson Sousa e Paulo Endo
763.**Império Romano** – Patrick Le Roux
764.**Cruzadas** – Cécile Morrisson

765.**O mistério do Trem Azul** – Agatha Christie
766.**Os escrúpulos de Maigret** – Simenon
767.**Maigret se diverte** – Simenon
768.**Senso comum** – Thomas Paine
769.**O parque dos dinossauros** – Michael Crichton
770.**Trilogia da paixão** – Goethe
771.**A simples arte de matar** (vol.1) – R. Chandler
772.**A simples arte de matar** (vol.2) – R. Chandler
773.**Snoopy: No mundo da lua! (8)** – Charles Schulz
774.**Os Quatro Grandes** – Agatha Christie
775.**Um brinde de cianureto** – Agatha Christie
776.**Súplicas atendidas** – Truman Capote
777.**Ainda restam aveleiras** – Simenon
778.**Maigret e o ladrão preguiçoso** – Simenon
779.**A viúva imortal** – Millôr Fernandes
780.**Cabala** – Roland Goetschel
781.**Capitalismo** – Claude Jessua
782.**Mitologia grega** – Pierre Grimal
783.**Economia: 100 palavras-chave** – Jean-Paul Betbèze
784.**Marxismo** – Henri Lefebvre
785.**Punição para a inocência** – Agatha Christie
786.**A extravagância do morto** – Agatha Christie
787(13).**Cézanne** – Bernard Fauconnier
788.**A identidade Bourne** – Robert Ludlum
789.**Da tranquilidade da alma** – Sêneca
790.**Um artista da fome** *seguido de* **Na colônia penal e outras histórias** – Kafka
791.**Histórias de fantasmas** – Charles Dickens
792.**A louca de Maigret** – Simenon
793.**O amigo de infância de Maigret** – Simenon
794.**O revólver de Maigret** – Simenon
795.**A fuga do sr. Monde** – Simenon
796.**O Uraguai** – Basílio da Gama
797.**A mão misteriosa** – Agatha Christie
798.**Testemunha ocular do crime** – Agatha Christie
799.**Crepúsculo dos ídolos** – Friedrich Nietzsche
800.**Maigret e o negociante de vinhos** – Simemon
801.**Maigret e o mendigo** – Simenon
802.**O grande golpe** – Dashiell Hammett
803.**Humor barra pesada** – Nani
804.**Vinho** – Jean-François Gautier
805.**Egito Antigo** – Sophie Desplancques
806(14).**Baudelaire** – Jean-Baptiste Baronian
807.**Caminho da sabedoria, caminho da paz** – Dalai Lama e Felizitas von Schönborn
808.**Senhor e servo e outras histórias** – Tolstói
809.**Os cadernos de Malte Laurids Brigge** – Rilke
810.**Dilbert (5)** – Scott Adams
811.**Big Sur** – Jack Kerouac
812.**Seguindo a correnteza** – Agatha Christie
813.**O álibi** – Sandra Brown
814.**Montanha-russa** – Martha Medeiros
815.**Coisas da vida** – Martha Medeiros
816.**A cantada infalível** *seguido de* **A mulher do centroavante** – David Coimbra
817.**Maigret e os crimes do cais** – Simenon
818.**Sinal vermelho** – Simenon
819.**Snoopy: Pausa para a soneca (9)** – Charles Schulz
820.**De pernas pro ar** – Eduardo Galeano
821.**Tragédias gregas** – Pascal Thiercy
822.**Existencialismo** – Jacques Colette
823.**Nietzsche** – Jean Granier
824.**Amar ou depender?** – Walter Riso
825.**Darmapada: A doutrina budista em versos**
826.**J'Accuse...! – a verdade em marcha** – Zola
827.**Os crimes ABC** – Agatha Christie
828.**Um gato entre os pombos** – Agatha Christie
829.**Maigret e o sumiço do sr. Charles** – Simenon
830.**Maigret e a morte do jogador** – Simenon
831.**Dicionário de teatro** – Luiz Paulo Vasconcellos
832.**Cartas extraviadas** – Martha Medeiros
833.**A longa viagem de prazer** – J. J. Morosoli
834.**Receitas fáceis** – J. A. Pinheiro Machado
835.(14).**Mais fatos & mitos** – Dr. Fernando Lucchese
836.(15).**Boa viagem!** – Dr. Fernando Lucchese
837.**Aline: Finalmente nua!!!** (4) – Adão Iturrusgarai
838.**Mônica tem uma novidade!** – Mauricio de Sousa
839.**Cebolinha em apuros!** – Mauricio de Sousa
840.**Sócios no crime** – Agatha Christie
841.**Bocas do tempo** – Eduardo Galeano
842.**Orgulho e preconceito** – Jane Austen
843.**Impressionismo** – Dominique Lobstein
844.**Escrita chinesa** – Viviane Alleton
845.**Paris: uma história** – Yvan Combeau
846(15).**Van Gogh** – David Haziot
847.**Maigret e o corpo sem cabeça** – Simenon
848.**Portal do destino** – Agatha Christie
849.**O futuro de uma ilusão** – Freud
850.**O mal-estar na cultura** – Freud
851.**Maigret e o matador** – Simenon
852.**Maigret e o fantasma** – Simenon
853.**Um crime adormecido** – Agatha Christie
854.**Satori em Paris** – Jack Kerouac
855.**Medo e delírio em Las Vegas** – Hunter Thompson
856.**Um negócio fracassado e outros contos de humor** – Tchékhov
857.**Mônica está de férias!** – Mauricio de Sousa
858.**De quem é esse coelho?** – Mauricio de Sousa
859.**O burgomestre de Furnes** – Simenon
860.**O mistério Sittaford** – Agatha Christie
861.**Manhã transfigurada** – Luiz Antonio de Assis Brasil
862.**Alexandre, o Grande** – Pierre Briant
863.**Jesus** – Charles Perrot
864.**Islã** – Paul Balta
865.**Guerra da Secessão** – Farid Ameur
866.**Um rio que vem da Grécia** – Cláudio Moreno
867.**Maigret e os colegas americanos** – Simenon
868.**Assassinato na casa do pastor** – Agatha Christie
869.**Manual do líder** – Napoleão Bonaparte
870(16).**Billie Holiday** – Sylvia Fol
871.**Bidu arrasando!** – Mauricio de Sousa
872.**Desventuras em família** – Mauricio de Sousa
873.**Liberty Bar** – Simenon
874.**E no final a morte** – Agatha Christie
875.**Guia prático do Português correto – vol. 4** – Cláudio Moreno
876.**Dilbert (6)** – Scott Adams
877(17).**Leonardo da Vinci** – Sophie Chauveau
878.**Bella Toscana** – Frances Mayes
879.**A arte da ficção** – David Lodge
880.**Striptiras (4)** – Laerte
881.**Skrotinhos** – Angeli
882.**Depois do funeral** – Agatha Christie

883.**Radicci 7** – Iotti
884.**Walden** – H. D. Thoreau
885.**Lincoln** – Allen C. Guelzo
886.**Primeira Guerra Mundial** – Michael Howard
887.**A linha de sombra** – Joseph Conrad
888.**O amor é um cão dos diabos** – Bukowski
889.**Maigret sai em viagem** – Simenon
890.**Despertar: uma vida de Buda** – Jack Kerouac
891(18).**Albert Einstein** – Laurent Seksik
892.**Hell's Angels** – Hunter Thompson
893.**Ausência na primavera** – Agatha Christie
894.**Dilbert (7)** – Scott Adams
895.**Ao sul de lugar nenhum** – Bukowski
896.**Maquiavel** – Quentin Skinner
897.**Sócrates** – C.C.W. Taylor
898.**A casa do canal** – Simenon
899.**O Natal de Poirot** – Agatha Christie
900.**As veias abertas da América Latina** – Eduardo Galeano
901.**Snoopy: Sempre alerta! (10)** – Charles Schulz
902.**Chico Bento: Plantando confusão** – Mauricio de Sousa
903.**Penadinho: Quem é morto sempre aparece** – Mauricio de Sousa
904.**A vida sexual da mulher feia** – Claudia Tajes
905.**100 segredos de liquidificador** – José Antonio Pinheiro Machado
906.**Sexo muito prazer 2** – Laura Meyer da Silva
907.**Os nascimentos** – Eduardo Galeano
908.**As caras e as máscaras** – Eduardo Galeano
909.**O século do vento** – Eduardo Galeano
910.**Poirot perde uma cliente** – Agatha Christie
911.**Cérebro** – Michael O'Shea
912.**O escaravelho de ouro e outras histórias** – Edgar Allan Poe
913.**Piadas para sempre (4)** – Visconde da Casa Verde
914.**100 receitas de massas light** – Helena Tonetto
915(19).**Oscar Wilde** – Daniel Salvatore Schiffer
916.**Uma breve história do mundo** – H. G. Wells
917.**A Casa do Penhasco** – Agatha Christie
918.**Maigret e o finado sr. Gallet** – Simenon
919.**John M. Keynes** – Bernard Gazier
920(20).**Virginia Woolf** – Alexandra Lemasson
921.**Peter e Wendy** *seguido de* **Peter Pan em Kensington Gardens** – J. M. Barrie
922.**Aline: numas de colegial (5)** – Adão Iturrusgarai
923.**Uma dose mortal** – Agatha Christie
924.**Os trabalhos de Hércules** – Agatha Christie
925.**Maigret na escola** – Simenon
926.**Kant** – Roger Scruton
927.**A inocência do Padre Brown** – G.K. Chesterton
928.**Casa Velha** – Machado de Assis
929.**Marcas de nascença** – Nancy Huston
930.**Aulete de bolso**
931.**Hora Zero** – Agatha Christie
932.**Morte na Mesopotâmia** – Agatha Christie
933.**Um crime na Holanda** – Simenon
934.**Nem te conto, João** – Dalton Trevisan
935.**As aventuras de Huckleberry Finn** – Mark Twain
936(21).**Marilyn Monroe** – Anne Plantagenet
937.**China moderna** – Rana Mitter
938.**Dinossauros** – David Norman
939.**Louca por homem** – Claudia Tajes
940.**Amores de alto risco** – Walter Riso
941.**Jogo de damas** – David Coimbra
942.**Filha é filha** – Agatha Christie
943.**M ou N?** – Agatha Christie
944.**Maigret se defende** – Simenon
945.**Bidu: diversão em dobro!** – Mauricio de Sousa
946.**Fogo** – Anaïs Nin
947.**Rum: diário de um jornalista bêbado** – Hunter Thompson
948.**Persuasão** – Jane Austen
949.**Lágrimas na chuva** – Sergio Faraco
950.**Mulheres** – Bukowski
951.**Um pressentimento funesto** – Agatha Christie
952.**Cartas na mesa** – Agatha Christie
953.**Maigret em Vichy** – Simenon
954.**O lobo do mar** – Jack London
955.**Os gatos** – Patricia Highsmith
956(22).**Jesus** – Christiane Rancé
957.**História da medicina** – William Bynum
958.**O Morro dos Ventos Uivantes** – Emily Brontë
959.**A filosofia na era trágica dos gregos** – Nietzsche
960.**Os treze problemas** – Agatha Christie
961.**A massagista japonesa** – Moacyr Scliar
962.**A taberna dos dois tostões** – Simenon
963.**Humor do miserê** – Nani
964.**Todo o mundo tem dúvida, inclusive você** – Édison Oliveira
965.**A dama do Bar Nevada** – Sergio Faraco
966.**O Smurf Repórter** – Peyo
967.**O Bebê Smurf** – Peyo
968.**Maigret e os flamengos** – Simenon
969.**O psicopata americano** – Bret Easton Ellis
970.**Ensaios de amor** – Alain de Botton
971.**O grande Gatsby** – F. Scott Fitzgerald
972.**Por que não sou cristão** – Bertrand Russell
973.**A Casa Torta** – Agatha Christie
974.**Encontro com a morte** – Agatha Christie
975(23).**Rimbaud** – Jean-Baptiste Baronian
976.**Cartas na rua** – Bukowski
977.**Memória** – Jonathan K. Foster
978.**A abadia de Northanger** – Jane Austen
979.**As pernas de Úrsula** – Claudia Tajes
980.**Retrato inacabado** – Agatha Christie
981.**Solanin (1)** – Inio Asano
982.**Solanin (2)** – Inio Asano
983.**Aventuras de menino** – Mitsuru Adachi
984(16).**Fatos & mitos sobre sua alimentação** – Dr. Fernando Lucchese
985.**Teoria quântica** – John Polkinghorne
986.**O eterno marido** – Fiódor Dostoiévski
987.**Um safado em Dublin** – J. P. Donleavy
988.**Mirinha** – Dalton Trevisan
989.**Akhenaton e Nefertiti** – Carmen Seganfredo e A. S. Franchini
990.**On the Road – o manuscrito original** – Jack Kerouac
991.**Diários de Andy Warhol (1)** – Editado por Pat Hackett
992.**Diários de Andy Warhol (2)** – Editado por Pat Hackett
993(24).**Andy Warhol** – Mériam Korichi
994.**Maigret** – Simenon
995.**Os últimos casos de Miss Marple** – Agatha Christie

IMPRESSÃO:

GRÁFICA EDITORA
Pallotti
IMAGEM DE QUALIDADE

Santa Maria - RS - Fone/Fax: (55) 3220.4500
www.pallotti.com.br